# 花嫁の契約

スーザン・フォックス
飯田冊子 訳

ハーレクイン
SP文庫

# CONTRACT BRIDE

by Susan Fox



Published by Harlequin Japan,
a Division of K.K. HarperCollins Japan, 2024

**スーザン・フォックス**

揺れる乙女心を繊細な筆致で描き、長きにわたって読者の支持を集めつづけている人気作家。大の映画ファンで、とりわけロマンチックな映画は、執筆の構想を練るヒントにもなっていると語る。アイオワ州デモイン在住。

◆主要登場人物

リア・グレイ・ウエイバリー……無職。
リース・ウエイバリー…………牧場主。
ロバート・ウエイバリー………リースの息子。愛称ロビー。
レイチェル・ウエイバリー……リースの亡妻。
ネビルとマーゴ…………………レイチェルの両親。
ホイト・ドノバン………………リースの友人。

# プロローグ

その朝二人は郡庁舎で、判事立ち会いのもとに結婚した。短い式は、お祝いというよりは法的手続きという感じが強く、証人に立ったのも、判事が最後の瞬間になって呼び入れた彼の助手二人だった。

花婿と花嫁の陰気な沈黙には、判事は口を閉ざして何も言わなかった。けれども、軽い毛布に心地よくくるまれて、父親の腕の中ですやすやと眠っている愛らしい坊やについては、少し時間を割いて眺め、かわいい男の子だとつぶやいた。

目の前の二人についてのうわさを判事は耳にしていた。花婿は四カ月近く前に妻を亡くしたのだが、その妻の死は突然で、いま彼の腕の中にいる赤ん坊が生まれて数日後のことだった。そして花嫁は彼の亡くなった妻のいちばんの親友だった。

あわただしい二人の結婚を耳にした何人かは、疑いもなく、ちょっとしたスキャンダルと考えただろう。それはそうかもしれない。だが、判事は大目に見てやろうという気になっていた。リース・ウエイバリーとはつき合いもあり、いい評判も耳にしている。リア・

グレイは地元の高校を卒業後、ときどき日曜学校で教えていた。

二人を一目見て、これは恋愛結婚ではないと判事にはわかった。そしてそのことで、判事としての義務を行うのにためらいを覚えた。リースの厳しい顔は、悲劇に打ちのめされた男の苦悩の跡を留《とど》めているし、花嫁のほうは顔色も冴《さ》えず、悲しげな色をそこはかとなく漂わせている。二人のどちらかにでも前もって相談されていたとしたら、そんなにあわてて思いきった行動を取らないように強く助言しただろう。

しかし二人は、法的にも契約を結び、その責任を果たしていくことのできる立派な大人なのだ。判事はそう考え、司法に仕える身の公平さを呼び起こして、二人に正式な手続きを取らせたのだった。

# 1

リア・ウエイバリーは書斎に入ってほっとした。結婚十一カ月目の夫が、デスクで仕事をしないで、テラスに面したドアの所に立っているのが見えたのだ。片手でドア枠を押さえ、片手の指先をジーンズの前ポケットに突っ込み、裏庭のテラスに落ちる影がしだいにのびていくのを陰鬱《いんうつ》な顔で眺めている。

カーペットの上をほとんど足音もたてずにやってきたのだが、やはり聞こえたらしく、広い肩にかすかな緊張が走るのが見えた。そう、彼はこのところ、私と一緒にいるといつも緊張している。けれどその一方、どこか落ち着きがなく、不満としか言いようのないものもかいま見える。レイチェルの死から立ちなおり、私たちが何をしたか、じっくり眺めてみる気になったのかしら?

そんな疑問に何週間も悩まされ、その答えへの恐怖にリアはこれ以上耐えられなくなってしまったのだ。率直に話して、はっきりさせたほうがいいかもしれない。

どう言葉を選んで尋ねても、望んでいるような答えは返ってこないと、すでにわかっている。夫のリースは、レイチェルを埋葬したとき、自分の心も共に埋めてしまったのだ。そして、もし少しでも心が残っているとしても、それはすべて幼い息子に捧《ささ》げられ、あまりにも唐突に結婚した、大して美しくもない女には何も残っていないのだ。月を重ねるにつれ、そのことは日ごとにはっきりしてきた。

リースは自分から離婚を言いだすような人ではない。その程度のことは私も知っている。だから、こちらから言いだしてあげないと。そうすれば彼はきっとほっとするだろう。それに、幼いボビーの親権分担については、穏やかに話し合って取り決めるつもりだ、と安心させてあげれば、彼は感謝して自分の生活を続けていくだろう。

こういうときが来るとは初めからわかっていたけれど、ひょっとしたら彼が私に対してある種の愛情を持ってくれるようになるかもしれないと、ばかげた希望を抱いてきた。男女の友情は愛に発展することが多い。彼とレイチェルとのような熱烈な愛でなくても、せめてお互いを気遣う控えめな愛に。

しかし、二人の間にはまったく何もないのだと、時が経《た》つにつれて、諦《あきら》めざるをえなくなったのだ。個人的な気遣いの言葉一つかけてくれるわけでなく、私を見ていてくれたのかしらと誤解してしまうような偶然の一瞥《いちべつ》すらない。これからもきっとないだろう。私は彼を愛している。彼には幸せになってもらいたい。たとえその幸せが、私と共に築くものでなくても……。彼女はようやくそう思い決めることができたのだ。

ただ心底悔やまれるのは、ボビーが父親と養母の間を行き来して育たなければならないということだった。それも、二人がばかな契約をしたばかりに。リースは、自分の身にレイチェルのとき同様、思いがけない何かが起こった場合、ボビーを守る相手として私と結婚した。だが、あとになって考えると、もっと待ったほうが賢明だったと、私にも——恐らくいまは彼にも——わかってきたのだ。

しかし、熱烈に愛していた女性の突然の死に打ちのめされていた、あのころの彼としては、人生に起こっては消えていく平凡な出来事よりも、やぶから棒に訪れる残酷な悲劇の存在のほうを信じてしまったのだ。

そんな彼の心配に、私は利己的な理由で——表向きはどうであれ、実際は——乗じてしまったのだ。そのことで恐らく私は自分を決して許せないだろう。だから彼のために、いまからしようとしていることを、私はしなくてはならないのだ。いずれにしろ、いつまで彼と暮らしていけるか自信はないのだから。二人の間の、胸が締めつけられるようなよそよそしさはすでに耐えがたいほど辛《つら》いものになっている。

リースがドア枠から手をはなして振り向いたとき、彼への愛と憧《あこが》れに、何年も密《ひそ》かに苦しめられてきた激しい痛みを彼女はまたしても感じてしまった。

リース・ウエイバリーは筋肉質のがっしりした腕と長くたくましい脚を持ち、肩幅が広く、身長一メートル八十センチは優に超える大柄な男だった。夕食前にシャワーを浴びて着替えており、清潔なジーンズも白いシャツもまだぱりっとしている。いつも陰気に黙り込んでいるので、褐色に日焼けし、外気にさらされて皺《しわ》の刻まれた肌のせいもあって、いかつく、どこか非情に見える。黒い瞳に黒い眉、がっしりした威嚇的な顎が、男らしく不愛想な顔の印象をいっそう強めている。一文字に固く結んだ薄い唇は容赦のなさを漂わせてはいるが、その証拠をリアはまだ見たことがなかった。

とはいっても、いまの彼の様子はあらゆる点で、レイチェルが生きていたころとはまるで違っている。あのころは、もっと柔和でやさしく、笑顔や、からかうような視線もかなり頻繁に見せていた。いまよりずっと開けっぴろげだったし、人づき合いもよく、博識で、自分なりの考えがある人なので、もっとよく話をした。ユーモアのセンスもあり、抗《あらが》いがたいほどの男性的魅力にあふれていた。

でも、あのころの彼は、レイチェルを熱愛し、二人の間にできた初めての子供の出産を心待ちにし、この世の絶頂にいたのだった。

レイチェルも恋しいけれど、それと同じほど、やましさを覚えながらも私が愛さずにはいられなかったあのころの彼が、いまは恋しい。

新たな悲しみのそよぎが体を吹き抜け、勇気を失いそうになる。ひるむ心をねじ伏せて、リアは口を切った。

「お話があるんですけど、いまいいかしら？」

ここ何カ月も彼女を、まるで目が見えない人のようにしか見ていなかった黒い瞳が、ふいにリアの顔に鋭く当てられた。目鼻立ちの一つ一つをじろじろと眺められ、その鋭さがプレッシャーとなって感じられる。それどころか、視線が合って、探るように深くのぞき込んでこられたので、内心を読まれたのではないかという不安に彼女は襲われた。

不安は恐らく当たっていたのだろう。その証拠に彼の陰気な表情がこわばるのが見えた。

「僕と話すのにアポを取る必要はないと、前にも言ったはずだが」

リアは手をおなかの辺りでしっかり組み、それが震えているのに別に驚きもしなかった。

「そうね」すなおに応じる。「でも、考えごとをしていらっしゃるようだったから」

彼の視線が心持ち鋭さを増した。リアの表情や自制している様子の何かに警戒心をかき立てられたらしい。緊張で体がこわばり、次々と身内を流れる恐怖のかすかな震えを抑えられないでいるので、じろじろ眺められるのも無理はないのだけれど。

「突っ立ってないで座ったら?」

ぶっきらぼうに言われ、リアはほっとした。座ればもう少し落ちつけるだろう。室内の彼の側にある袖《そで》付き安楽椅子を選んで座る。見ると、彼はテラスに面したドアと急速に暗さを増す黄昏《たそがれ》に背を向けて、立ったままだった。

いつものように彼はよそよそしい。リアもいつものように、よそよそしさの一線を越えないように気をつけていた。そして深々と腰を下ろし、肘を椅子の腕にかけて指を組んだ。

考えをまとめようとしたが、それはこのうえなくむずかしかった。

ああ、神様。彼が私を好きになってくれるチャンスが少しでもあると考えられさえすれば、こんなことはしないのだけれど。でも、二人の間は完全に冷え冷えとしていて、彼が私に対して何も感じられないのは明らかだ。

軽い話題から、彼女は話を切りだした。「次の土曜日、ドノヴァン牧場のバーベキューパーティーに行くかどうか、まだお返事をうかがっていないのだけれど、あなたがどうなさるにしろ、私は行くことにしましたから、それをお伝えしておこうと思って」

リースの目に何かがきらりと光るのが見えた。

警戒しながらも、リアは穏やかなさりげない口調で先を続けた。「ボビーの面倒を見てくれる人は手配しました。あなたが昼も夜もあの子と二人きりで過ごしたいなら別ですけど」それから一気に言い終えた。「あなたもバーベキューパーティーにいらっしゃるなら、ボビーはそのベビーシッターに預けても、一緒に連れていっても、どちらでもいいですわ。ほかの子たちも来ているでしょうから、あの子も楽しめるでしょう」

「いつそんなことを決めたんだ?」彼が怒ったように低い声できく。不満なのだろう。

この何カ月間か、彼女の判断にリースは一度も疑いを挟もうとはしなかった。ボビーについて彼女が決めたことを尋ねはしたが、ただそれは報告を受け取るためだけだった。彼女の個人的な行動についてはどう決めようといっさいノーコメントだったのだ。だからこんなことは珍しかった。

握っていた指にリアは神経質に力を込め、非難めいた口調にならないよう、事実だけを淡々と言おうとした。「先週、バーベキューパーティーの話を私がまた持ちだしたとき、あなたは興味がなさそうだったから」

息詰まるような懸念が身内を走るのを感じながらも、彼女は切りだそうと思っていた話題に向かって小さなもう一歩を踏みだした。

「私たち……そのう……一緒に何かをする習慣がないでしょう。だから、私が行くと決めてもあなたは気にしないと思ったの。さっきも言ったように、あなたが土曜日についてどう決めても、ボビーについてはあなたの好きにできるように手配しておきましたから」

リースの陰気な顔が石のような冷たさを帯び、彼女は不安になった。彼をいらだたせてしまったらしい。なぜかしら？　どう考えてもわからない。リースの癇癪《かんしゃく》持ちは有名だが、私や息子にそれを向けようとする気配はいままで一度もなかった。だから近所の人のバーベキューパーティーに出かけると言ったぐらいで、私に腹を立てるはずはないのに……。

だが二人の間には緊迫した沈黙が漂い、それが広がっていく。リースは善良で公平で、生まれつき寛大な人だ。そのことを思いだしてリアは少しほっとした。彼のような人は、どれほど癇癪持ちでも恐れる必要はない。そうとわかっていなければ、二人の契約に私はオーケーを出さなかっただろう。まして何年も憧れつづけることなどできるはずがない。

本当に危険なのは、私が彼をどんなに愛しているかをなんらかの形で悟られ、即座に肘鉄砲を食わされることだ。なお悲惨なのは、そんな感情を持っているのを哀れまれることだ。


「僕たちの取り引きからきみはあまり得るところがないんだね？」

どきっとするほど単刀直入にきく。私がなぜこういう話をしたかったか、本当の理由を察知されたのかもしれない。彼の表情は相変わらず冷たくかたかったが、怒ったような口調は和らいでいた。

そこには何かが感じられる。ひょっとして申し訳なさ？　それとも後ろめたさ？　けれど反射的に彼女は否定していた。そうあってほしいと願っているからにすぎないと。渇望する心には、テーブルの上のパン屑《くず》でもごちそうに見えてしまう。本当の感情をちらりとも明かさないように、とリアのプライドが叫んだ。

「いいえ、手に入れようと思っていたものはちゃんといただいています」こわばった唇を少し緩めてほほえみ、先を続ける。「それにボビーがいますから。あの子を愛して育てられるだけで十分以上です」

最後の言葉は半分はうそだったが、彼女はまばたき一つしないようにした。二十四歳のいままで、彼女をまごつかせようとした男の子に一度だけ素早いキスをされた経験しかないけれど、それでもほかの女性と同じように、男性のやさしさや愛情に対する女らしい憧れは持っている。

「では、このままでいいんだね」リースは耳障りな声で、尋ねるというよりは決めつけるように言った。

黒い瞳に冷笑の色がちらついている。なぜかしら？　リアはいぶかった。それに、二人のこれまでの暮らしに、私が満足しているかどうかなどという話をなぜ持ちだす気になったのかしら？

この十一カ月間、二人の毎日の暮らしは、ボビーと牧場を中心に、家事と子供の世話に専念する専業主婦と、外で働いたり書斎での事務仕事に明け暮れる牧場主との、他人行儀な協力体制という形でまわってきた。二人の間に感情の交流はほとんどなく、それは胸がつぶれるほど辛かった。自分たちは友人でさえないのではないかしら、と彼女はしばしば思ったものだった。

「ええ、別に不満はありません。私たち……約束どおりのことをしてきたんですもの」ほんの少し口ごもってしまい、彼女は内心うんざりした。ふいにリースの中に、面と向き合うには耐えがたいほどの容赦のなさを感じてしまったのだ。

それ以上に耐えがたいのは、黒い瞳と目を合わせていることだった。その瞳は、気のせいか、彼女が真実を――いちばん危険な真実、つまり彼女の本当の感情を――懸命に隠そうとしているのを感じ取ったかのような光を見せた。

「これを始めたとき、僕たちが話し合ったのは、ボビーを守ってやることだけではなかったはずだが」

彼のほのめかしに、リアはうろたえた。あのときリースが言ったことを、苦しいほどはっきり思いだしたのだ。あれは部屋も同じこの書斎で、時間もちょうどいまごろだった。ほかの子供を持つ可能性めいたことに二人がほんの少しでも触れたのはあのときだけだった。個人的な欲求について、とりわけ肉体的な関係を持つかどうかについて。

〝これは結婚なのだから、セックスも契約の一部だと思う〟とリースは言ったのだ。そのときの寒々とした、冷酷なまでの彼の目の色は思いだすだけでも辛い。まるで、セックスは婚姻上の義務と思うから、その苦役に諦めて従事する、といわんばかりだった。〝すぐという話ではないが〟と彼は言葉を続け、それから目を彼女からそらしてつけ足したのだった。〝だが、お互い生理的欲求はあるわけだから〟と。

彼にとっては、レイチェル以外の女とのセックスは、考えただけでも気まずく、子作りのための――だが主には欲望のはけ口としての――生理作用としか想像もできないのだろう。リアはそんな印象を受けたものだ。

少なくともリースはそのとき、リアとの肉体関係の可能性をまるっきり否定して、だれの目にも明らかな、彼女の魅力のなさを侮辱したりはしなかった。それに、リアが望むなら二人の間に子供を作ってもいいと知らせたところを見ると、自分の子供の母親となるには値しない女と考えているわけでもないらしい。

もちろん、十一ヵ月が経ち、リースがいわゆる欲求を持ったとしても、彼女はそれについて知らなかったことになる。だから、リースが彼女に対して、セックスの対象として考えるほどの感情も持ち合わせていないということがいっそう明らかになっただけだった。

「それは覚えているね？」リースのぶっきらぼうな声に、彼女は物思いから覚めた。

黒い瞳がリアの体を下から上にさっと走る。おざなりと思えるほど素早く。セックスの話を持ちだした限り、相手の女の容姿をよく知っておくために、通りいっぺんにしろ見ておかなくてはならない、といわんばかりだ。

女らしい恥じらいと、ひどく女らしい憤慨に、頬が異常なほど火照ってくる。この何カ月間、偶然に触れ合うことすら一度もなく、リースからの愛の素振り一つなくて、彼女にしてみればセックスなど考えられもしなかった。とりわけ、いまこちらに向けられた視線が、明らかに義務的なものだったから。どんなに私が愛に飢えているとしても、これほど冷たくあしらわれては黙っていられない。

「あのとき私たちが話し合ったことは、いまとなってはもう無意味ではないかしら」激しい痛みに耐えていることを悟られまいとして、口調がかたくなる。「あなただって、それくらいはわかっているでしょう？」

心臓の鼓動が激しくて、めまいを覚えそう。拒絶に遭って黒い瞳がきらりと光る。こちらに負けないほど彼も怒っているらしく、それがひりひりと伝わってくる。声も言葉もヒステリックにならないようにするにはかなりの努力が必要だった。

「レイチェルが亡くなったあと、私たちは二人ともまともな考えができなかった。いまは時間が経ち、節度のある見方ができるようになって、お互い一緒に暮らしていって果たしていいものかどうか、疑問を持ちはじめたと思うの」

ああ、とうとう言ってしまった。それでも世界は終わりはしなかった。リースのやや和らいでいた表情は消えた。だが、まだ彼は何も言わない。黒い瞳が二つのドリルのようにこちらの目に食い入ってくる。彼女はそれにじっと耐えていた。

まじまじと見つめるその視線の中の何かが、話の先を促し、もう少し聞かないと納得できないと告げている。彼女はすなおに従うことにした。

「さっきも言ったように、この結婚を決めたとき、私たちはあまりまともではなかった」

穏やかな口調をと心がけながら、落ちついて話す。けれど、声の震えは抑えられなかった。

「このごろあなたは……不幸せそうに見えるわ。前とは違った形だけれど。それで私、考えたの……何を変えればいいのか話し合う時期だと。いちばん賢明に思える変化がたとえ離婚であっても」

静寂が落雷のように唐突に部屋を襲った。その強烈な衝撃は、あとになっても、本当に雷が鳴り響いたのか、それとも実際は沈黙の衝撃波だったのか決めがたいほどだった。だが恐らく本当の雷鳴だったのだろう。その証拠に、リースの苛酷《かこく》な顔にふいに嵐《あらし》が現れた。黒い瞳が腹立たしさと驚きにぎらりと光り、冷ややかに一文字に結ばれた唇は、いまはそれとない脅しを越えて、はっきりした威嚇に見える。

「離婚を求めているのか?」

ぶっきらぼうな質問は、予想外ではなかったものの、しゃがれた声は冷ややかで、彼がどれほど厳しく自制しているかを警告していた。

鼓動が速くなるのをリアは感じ、必死になって首を振った。「離婚を求めるのと提案するのでは違うわ」

言葉が口をついて出る。どうしてそんな言い方をしてしまったのかしら? 単純に〝そうよ〟と答えればよかった。痛みと悲しみが高潮のようにこみ上げてきて不安が高まる。そのどれをも見せないですむように彼女は頭を忙しくめぐらした。

ああ、神様。彼に見られませんように。お願いだからぜったいに見つかりませんように……。

「私は提案をしたの」リアは冷ややかに言った。口調が穏やかで淡々としているのにほっとし、その安堵《あんど》感から、当初の目的をいっそう後退させるようなことを口走っていた。

「それをどうするかはあなたしだいよ」

リアはなんとか立ち上がったものの、膝の後ろが椅子の前部に触れるまで、自分がそうしたことに気づかなかった。後には引かないと示す助けになると思ってそうしたのか、それとも逃げだすためだったのか、はっきりはわからなかった。ただ、控えめな答え方になってしまったが、きっぱり言うのと同じくらい、自分の意図が相手に明瞭《めいりよう》に伝わったらしいことだけは見て取れた。

日焼けした彼の顔は花崗岩《かこうがん》の像のようだった。かっときているらしく、引きしまった頬に赤みが差したけれど、頑《かたく》なに沈黙を守っているところを見ると、その憤りをぶつけてくるつもりはないらしい。

「寝る前にボビーのことはちょっと見ておきます。おやすみなさい」

リアは彼に背を向けて椅子をまわると、できるだけふだんどおりの足取りでドアに向かい、それから廊下に出た。膝ががくがくし、脚は重くて力が入らない感じだったが、なんとか堂々と退場することができた。

とにかくやるだけのことはやった。おしまい近くのところは別として、かなり立派に切り抜けられた。もう少しかたくならずに言えたかもしれないけれど、こうして命にも別状なくやりおおせたし、離婚についても彼についても、私の本当の気持ちを悟られずにすんだ。

ボビーとしばらく一緒にいたいという思いに圧倒されて、リアは一階建ての大きな牧場経営者の家《ランチハウス》の廊下を寝室のある方へと急いだ。子供の寝室は主寝室の隣にあり、二つの部屋はドアでつながっている。

主寝室をリースと共にしたことはないし、まして、ベッドを共にしたことはない。誘われもしなかったし、もちろん、こちらから求めもしなかった。どの寝室がいいかときかれ、ボビーの寝室を挟んで主寝室とは反対側の部屋を選んだ。リースがそれを認め、彼女の便宜のために、ボビーの寝室との間の壁に、ドアを作ってくれたのだった。

ボビーの部屋にそっと入っていきながら、その寝室の取り決めがいつもよりいっそう二人の間を物語っているように感じられ、リアは胸がうずいた。初めは寝室やベッドを別にするというリースの気持ちはよくわかったし、リアも異議などぜんぜんなかった。レイチェルの死はまだ生々しく、二人にとってひどい心の痛みだったから、彼女の死後、あんなにも早く結婚しただけでもスキャンダラスだった。

けれど、二人の間に親しさの気配すら芽生えないままに何カ月かが経つうちに、リアはこれ以上を期待するのは無理なのだと気づかされた。幼いボビーを除いて、二人の間には結婚証明書と、姓が同じということ以外何もなかった。

リースの求めていたのは自分の息子の育児を手伝ってくれる人間だった。妻の死やそこから起こる激変やショックでがたがたになった自分の暮らしを彼は落ちつかせたかったのだ。それと、自分の身に何かが起こったとき、息子が母方の祖父母に育てられたり、いいようにされたりするのを防ごうとしたのだ。

　幼い息子を信用して預けられる養母を手に入れ、家の中をきちんとしておくための、私は方便にすぎなかった。彼は私に、もし自分がこの世にいなくなった場合の、ぜったい確実な、ボビーの保護壁になってほしかったのだ。それを手に入れるために、共に暮らさなければならない妻という存在については、あまり考えていなかったのだろう。この何週間かの彼の様子からすると、妻を持てば、それによって解決する問題と同じくらい、多くの問題が生じるものだと気づきはじめたらしい。

　ボビーの部屋は、彼女がいつもつけておく子犬をかたどった陶器のスタンドのおかげで、ほのかに明るかった。家の中はとても静かで、部屋に一歩足を踏み入れると、子供の安らかな寝息が聞こえてきた。

　ベビーベッドに近づいて、ほの明かりにぼんやり浮かぶ、寝ている子の愛らしい顔をのぞき込む。絹のような黒髪がチャーミングに乱れ、ぽっちゃりした頬は眠りで薔薇《ばら》色に上気し、ふさふさした長いまつげが黒く扇状に広がっている。

　なんてかわいいのだろう。愛《いと》しさに胸が張り裂けそうになり、リアは開いた指にそっと手を触れてみた。この子が自分のおなかを痛めて産んだ子だとしても、これ以上は愛せないだろう。この子のためだったらなんでもする。リースへの愛すら、無邪気な顔をしたこの子への愛ほど強くはない。

ようやく彼女は、軽い毛布を子供の胸元にそっと引き上げてやり、自分の寝室に向かった。ボビーが万一夜中に目覚めたとき聞こえるように、間のドアはいつもどおり半分開けておく。

寝支度をしているうちに、さっきのリースとの話し合いは果たしてうまくいったのかしらと、数々の疑念が頭をもたげてくる。でも、離婚の問題を持ちだしたことが大事なのだ。成功した牧場主でありビジネスマンであるリースは、物事を決めるのに苦労はしない。状況のすべての要因を見極めて評価し、自分の取るべき道を割りだすのに、たいていの人よりは長《た》けている。私と結婚するというのは、恐らく大人になってからの彼のたった一つの間違った決断だっただろう。レイチェルの死を悲しみ、幼い子供の将来を懸念するあまりの間違いだったのだ。

私との離婚を決めるのにはあまり考える必要はないだろう。彼にとっては、するかしないかでなくて、いつするかの問題だから。私が書斎を出て廊下を数歩も行かないうちに、決めてしまっているだろう。

私のほうから離婚を提案して、こちらはいっこうにかまわないからという気持ちを示してあげればよかったのだ。離婚は承知したと、明日の朝食のテーブルで真っ先に彼は言うだろう。そのあと、二人の間のただ一つの論争——ボビーをどうするか——が始まるだろう。

それすら眠れずにくよくよ悩む問題ではない。これまでもボビーの世話は主に私がしてきたのだし、少なくともボビーがまだ小さい間は、その世話の大半は当然、私に任されるだろう。それ以外の問題は、ボビーが大きくなるにつれて二人で解決していけばいい。

ボビーの暮らしから私を追いだすような真似《まね》は彼もしないだろう。ボビーを守るためもあって、私は彼を養子にしなければならなかったのだから。ボビーへの親としての権利は、私もリースと同じだけある。それに二人とも、ボビーにいちばんよかれと心がけているのだから、結婚していようといまいと、二人は同じくらい、ボビーの暮らしに関《かか》わっていくことになるだろう。

暗闇《くらやみ》に横になっていると、達成感と安堵感が退いていき、リアの心はしだいにふさいできた。私は今夜、私のいちばん大事な、いちばん不可能な夢に、死の宣告をしたも同然なのだ。密かに苦悩しつづけたこの十一カ月で、その夢を徐々に殺してきたようなものだけれど、リースへの離婚の提案で、彼を公然と愛し、彼からも愛されるという夢が完全に失われることを私は認めたのだ。

それに、そんな夢の実現を見ないほうが、かえってよかったのだ。私がリースに恋したのは、彼が私のいちばんの親友とデートするようになるよりずっと前のことで、彼がレイチェルと結婚したときでさえ、その愛を諦められなかった。後ろめたさにひどく悩んだものの、その後ろめたさは、彼への思いを断ち切るほど強くはなかったのだ。

そして、結婚している男性を愛するという過ちに加えて、今度はその男が妻を失い、おそらく人生でただ一度弱気になっているときに、彼と結婚するというチャンスに飛びついてしまったのだ。いちばんの親友の夫への自分勝手な恋心についてはずっと悩んできた。そして、これからも悩むだろう。やましさと悲しみこそ、私が受ける適切な罰なのだ。少なくともレイチェルには私の恋心は気づかれなかった。リースにも決して気づかれませんように。

リアは横向きになって長い間闇を見つめていたが、それほど遅くならないうちに寝入ってしまったらしい。リースが彼女の寝室の前を通って自分の寝室に向かうときの、いつものブーツの足音を今夜は聞かなかった。

## 2

リースがとっさに思ったのは、リアを追って書斎に引き戻し、徹底的に話し合うことだった。けれど考えなおし、リカーキャビネットの所に行って、スコッチをダブルでつぐことにした。そして、火をつけられた人がその火に水をあわててかけるような勢いで、それをあおった。

だが、怒りと驚きとやましさの大火はそう簡単には消せなかった。最悪なのは、おとなしい妻に立ち向かってこられるまで、何も手を打たないでいたことだった。彼女は如才なく、荒い言葉一つ使うわけではなかったけれど、彼を厳しく鞭打《むちう》ち、責任を問うてきたのだった。

リア・グレイ・ウエイバリーは、穏やかで有能な申し分のない母親で、愛情も思慮も深く、寛大なほど根気よくボビーの面倒を見てくれている。そして朝、彼が家を出る前にボビーに会えるようにし、父子ができるだけ一緒に過ごせるように、子供のスケジュールを彼に合わせ、夜も毎晩、息子と二人きりになれるようにしてくれている。

それに理想的な主婦でもあった。二人の突然の結婚のあと、家政婦がやめてしまったけれど、彼のために食事を作り、洗濯をし、四六時中埃《ほこり》が舞っているような牧場の建物に囲まれていながら、寝室六つの大きなランチハウスを文字どおりぴかぴかに保ってくれている。その間にも、彼の使い走りをし、彼が外出しているときは代わりに電話の応対もしている。そうやって家庭を、不便から解放された、快適で静かな一つの島のようにしてくれている。

だが、リアの穏やかな気質について、彼がどう考えていたにしろ、実は気骨のある女性だったのだと、今夜の彼女の行動から思い知らされた。今夜のリアが見せた鋼鉄のようなプライドは、リース自身のものと遜色《そんしょく》のないほど強烈だった。

リースはもう一杯スコッチを、今度はもっと考え込みながらついだ。リアに対してあれほど無関心でいるつもりはなかったのだが。してもらうばかりで、お返しに何もしてやらないつもりではなかった。

彼の息子――彼の人生でいちばん大事な人――を託したのだから。だが、少しでも自尊心のある女性なら、親友の子供を愛して、その育児に手を貸し、夫のための無給の使用人扱いに耐えているだけで満足していられるだろうか？　そこまでつくしても、彼女の目からは、ぜんぜん感謝しているようには見えない夫のために。

彼女をどんなにないがしろにしてきたかということで、このところ何週間も彼の良心は痛んでいた。その名前を自分の預金口座に入れはしたが、彼女は我が身のためにその金を一ドルすら使おうとはしない。すてきなレストランや社交的な催しにもまだ一度も連れていってやっていない。日曜日、一緒に教会に行ったのも、ボビーの洗礼式のときだけだった。彼女の誕生日すら四カ月もあとで思いだす始末だった。

この十一カ月間、彼女は世捨て人に近い男と結婚していたのだ。あなたが行こうが行くまいが、私はバーベキューパーティーに行きます、と彼女が宣言するのも当然だ。

ここ何年、考えもしなかったが、リアについてはレイチェルからいろいろ聞かされていた。母親にも父親にも何度も見捨てられたことや、いろんな里親を転々として苦労したことなどを。レイチェルによれば、リアの最大の夢は、いつの日か自分の家と家族を持つことだった。

いまはボビーという養子もでき、この辺りでも指折りのすてきな家で暮らせるようにもなった。けれど、彼がレイチェルを失ったことばかりに心を奪われていたせいで、リアが望んでいたにちがいない完全な家族は与えてやれなかった。そして、伴侶《はんりょ》というよりは、奴隷のように感じさせてしまっていたことだろう。だからこそ、今夜の寝耳に水の重大発言となってしまったのだ。

だがリアに対しては、感謝、それにやましさしか感じられないのだ。その不安に、ここ何週間もいらだちを覚えていたけれど、彼女にかき立てられる感情が感謝とやましさだけなのは、自分でもどうしようもなかった。

レイチェルを亡くして心がうつろになってしまったのだ。レイチェル以外のどんな女も単に女性というにすぎない。どんな女だろうと好奇心を持ったり、心をかき立てられたりはしない。ホルモンは生き返ったし、欲望なら、なんの変哲もない光景や考えに燃え上がりはする。満足を求める強烈な性衝動はまだ持ち合わせているのだ。だが、あの神秘的な魅力を持つ愛情ややさしい思いやりは、レイチェルの死同様、完全に死に絶えてしまっている。

愛も、男と女の交わりも、彼の心と頭の中では、豊かな赤毛やそばかすの散ったサテンのような肌、情熱と生きる喜びできらきら輝いているエキゾチックなエメラルド色の瞳とだけ結びついているのだ。

記憶がふいにまざまざとよみがえり、まるでレイチェルの豊満な体が押しつけられたような感じがした。彼女の柔肌に手を滑らせ、そっと愛撫《あいぶ》したい。手のひらがうずいてくる。そんな愛撫で彼女にどれほどの快感を注いだことか。そのときに感じた忘れられない感動に、指先がじんじんしてくる。

責め苦に、全身が痛む。鮮烈な思い出をリースは力ずくで押しやった。欲望を感じなければならない生きている女――彼の妻――だけに考えを向けようとする。

しかし、いつもアップにしているか三つ編みにしている長い黒髪に対して、欲望はそんなに高まらない。軽く日焼けして浅黒いともいえる肌に手を触れて、その温《ぬく》もりを感じたい、とはあまり思えない。深々とブルーをたたえた穏やかな瞳は、男心をそそったり、性的に刺激したりするよりは、愁いを帯びた神秘性や悲しみといったものしか暗示していない。そして彼の心は、そういったものにすでに押しつぶされているのだった。

どんなに努めてみても、リアの美しい目が欲望でけだるげになるところは思い描けない。それに、男女の交わりに熱く燃えて、あの堅苦しい自制のたがを外し、彼にすがりついてくるところも想像できない。そんなことは、独身の年老いたおばに対するのと同じほど、リアに対しては考えられない。

不当な比較に、リースは後ろめたさの鋭い痛みを感じ、懲罰を科すような勢いで、二杯目のスコッチも飲み干した。

だが、ボビーは傷つけたくない。離婚はあの子をひどく傷つけてしまうだろう。リアに性的興味を感じられないのは、たぶんレイチェルを亡くした後遺症なのだ。それに、愛せるかもしれない相手として彼女に関心を払ってこなかったせいもある。母親役をしていたり、日曜学校で教えていたりするとき以外の彼女が本当はどんな人間なのか、知ろうとするだけの好奇心すらなかったのだ。

レイチェルとリアは姉妹以上に親しかった。だから、リアに愛のある家庭を与えなかった彼をレイチェルは決してよくは思わないだろう。とりわけリアが、彼女に全身全霊を捧《ささ》げてくれる男性を見つけるチャンスをふいにしてまで、自分のいちばんの親友の夫とその幼い息子を助けに来てくれたことを考えると……。

リアが犠牲にしたものと、自分がそれにどれほど報いていないかを考えて、胸が痛くなり、リースはタンブラーをそっと置いてデスクに近づいた。レイチェルの写真の入った銀縁の写真立てを取り、自分のほうに向けて彼女の顔を眺めた。

そして画像の平板さにショックを受けた。彼はその厚みをもっとよく見ようとするかのように、写真立てを心持ち傾けた。だがガラスの向こうの写真は、ほかの写真同様、突然、現実味がなく、薄っぺらに見えてきた。

そのカラーの画像に初めてよそよそしさを感じ、心が連帯感を取り戻そうと無駄にあがく。けれど、胸がうずくほど美しいこの女性を知っていたのは、ずっと前、あまりにも昔のことに思える。そんな距離感への驚きに胸の内の何かがたじろいだ。あの交通事故からわずか一年と三カ月なのに、それはふいに、まるで別の人生での出来事のように感じられてきたのだった。だれかほかのリース・ウエイバリーの人生に起こったことのように。

わずか何分かの間に、レイチェルの思い出は、手に触れんばかりの鮮烈なものから、ぼんやりと思いだせる夢のようなものに変わってしまった。

すると、この何週間かの最悪の時が思いだされてきた。レイチェルが記憶からしだいに消えていったときのことが。心に永久に焼きついていると思い込んでいた事柄が、ここで少し、あそこで少しと、記憶からはげ落ちはじめていたのだ。魂が揺さぶられるような、思い出の唐突なひらめき以外、彼女の仕草や笑い方などの日常の細々したことも、あのわずかな日々、彼女がその息子にどう触れ、どう面倒を見ていたかさえ、意のままに呼びだせるのはたまにしかないほどに、記憶がかげりはじめていたのだ。

レイチェルの思い出は完全に消えてしまうのだろうか？　もしそうなったら、二度目の喪失による寂寥《せきりょう》感に直面する勇気が僕にはあるだろうか？　いますでに感じている寂しさすら、苛酷《かこく》なものなのに。

酔っぱらったのだろうか、それともこの奇妙な感情や感覚は何か意味のあるものなのだろうか。そう思いながら、リースは数分の間なおそこに立ちつくしていた。だが結局は、ひどく疲れていることに気づいただけだった。次にしたことは、決意というよりは、必要からだった。

レイチェルの写真を見て、こんなよそよそしさを二度と感じたくはなかったのだ。写真の鮮明さは、彼の頭の中にある映像がぼやけてぼんやりしてきていることを思いださせるものでしかなかった。彼女も、二人で生きた人生も、不気味なほど遠くに感じさせられるのなら、写真などもう見ないほうがいい。

卓上の電気スタンドを消し、写真立てに入った写真を持つと、リースは明かりの消えたランチハウスを寝室の方へと向かった。生まれたときから住んでいる大きな家を歩くのに明かりはいらない。いちばん手前の客用寝室に入り、記憶を頼りにカーペットの上をドレッサーへと進んで、引き出しの取っ手を手探りし、写真を入れられるほど開ける。

空っぽな引き出しの木の底に銀の額縁の当たるうつろな音がしたが、無視するのがいちばんと引き出しを閉める。それでもまだ、思いなおして写真をデスクに戻すまっとうな理由を考えつくかもしれないというように、彼はしばらくためらっていた。結局は引き出しを閉めたままにして、廊下に出た。

ボビーの寝室から、リアがつけたままにしておくほの明かりが廊下にもれでている。子供の寝顔をのぞくのはいつもの習慣だが、今夜はとりわけその明かりに引かれた。

ボビーはすやすやと眠っていた。そこに少したたずんでいたあと、リースはベッドから一歩足を引いて、リアの寝室との間の少し開いたドアの方を眺めた。中は暗くてカーペットがV字形に見えるだけだ。このアングルからだと、彼女の姿がかいま見えるはずもなかった。

彼女の寝姿を想像すると、たちまち何を着て寝ているのだろうという好奇心がふいにわいてきて、彼は新しいショックを受けた。リアの好みや個人的な趣味について、いままでは一度も考えようとすらしなかったのに。こんなことは初めてだった。

リアへの欲望を少しでもかき立てようとしていたので、飲んだアルコールも手伝って、彼女への好奇心にかすかな火を灯《とも》してしまったのかもしれない。それとも、酔って、抑制のたががいくつか外れ、愛のないセックスもそれほどうつろな考えに思えなくなったのだろうか？

いずれにしろ、好奇心のこの小さな火を真剣に受け止めることはできない。それは新しい一日の冷たい現実に圧倒されて、朝には消えてなくなってしまっているだろう。

翌朝リースがキッチンに入ろうとすると、リアの低い笑い声が聞こえてきた。

「だめ、だめ。トーストはカップに入れるんじゃないでしょ。それはお口に入るものなのよ、おばかさんね」

リアは、できたての朝食をテーブルに出すのに遅れたためしがない。ボビーの世話で、夜の半分は起きていなくてはならないときもあるし、朝早く目覚めたボビーの相手をしなくてはならないこともある。けれど彼女は、リースが彼女に合わせて腕時計の時間をセットできるほど、そのごたごたのすべてをなんとか巧みに処理してしまうのだった。

ボビーは今朝は早く目を覚ましたらしい。おしめが濡《ぬ》れたときはいつもそうで、そんなときは手早くお風呂に入らなくてはならないのだ。だがリースがキッチンに入っていったときは、さっぱりと清潔になり、服も着替えて、よだれかけをつけ、高い椅子に座っていた。そして口の中でトーストをもごもごやっていた。リアはちょうど食卓に料理を並べ終えたところだった。

やましさと腹立たしさからくる鋭いいらだちをリースは感じた。リアにはすでに返せないほどのものを負っている。なのに彼女は、手抜かりなく完璧《かんぺき》にやっている。執拗《しつよう》なまでに完璧に。それは、夫としてあまりにも不完全な彼への無言の非難だった。目覚めたときのかすかな頭痛がずきずきとひどくなってきた。

「パパ！」

彼を見てボビーが興奮して叫ぶ。リースは嬉《うれ》しくなり、愛情が胸にこみ上げてきて、それまで感じていたひりひりするようないらだちが、やや和らいだ。

ボビーは彼に似て黒髪だが、その顔立ち、とりわけその緑色の目や口の結び方は、レイチェルの息子だとはっきり声高に叫んでいる。

リースは、テーブルの上座の彼の席とその右側のリアの席との間に置かれた椅子に近づいていき、ボビーの黒い髪をくしゃくしゃにして身をかがめ、子供の額にキスをした。

「おはようございます」リアが物静かに言う。

「ああ、おはよう」

リアが座るのを待ってリースは腰を下ろした。いつものように息子の手を取ると、リアが簡単なお祈りを上げた。

素早く低い声でつぶやかれる小さなお祈りに、リアが息子にとってどれほどすばらしい母親であるかを彼はつい思いだしてしまった。どんな細かいことも彼女はおろそかにせずに、息子を立派に育ててくれている。彼自身は、愛し合うパパとママといったような、幸せな子供時代にはぜったい欠かせないものを息子に与えられないでいるのに。

男の子は、正常で落ちついた両親の関係を見て育つ必要がある。ボビーが大きくなって、両親がお互い手も触れず、抱擁もせず、同じベッドで寝ようともしないことの意味に気づくのに、あと何年あるだろう？ リースはいっそう暗い気分になり、リアが渡してくれた肉料理の皿から黙々と自分の皿に料理を取り分けはじめた。


リアは緊張のあまり動きがぎくしゃくして恥ずかしいほどだった。どう決めたかリースに尋ねるべきかしら？ それとも彼が言いだすまで待つべきかしら？ 重大な瞬間が目前に迫ってみると、離婚の申し出を受け入れたと実際に聞かされるのがどんなに辛《つら》いか、いっそうまざまざと実感させられてしまう。

何かを求めるときは慎重に。そう、そのとおりね。いままでに何かを求め、そのいずれもが叶《かな》えられなかったのに、これほど辛いことだけが叶えられそうだなんて。

ボビーの皿を彼の椅子のトレーにのせ、フォークを渡してやる。いまは幸せにしているこの子にとって、離婚がどんな意味を持つかを考えると、その顔がまともに見られなくなりそうだった。

「今日は何か特別な予定でも？」リースが尋ねる。

彼女はびくっとした。なんとかちらっと彼に視線を向けたものの、目は合わせないようにし、自分の皿をいっぱいにすることだけに神経を集中しようとした。

「土曜に着るものを何か見つけに、サンアントニオに出かけようと思っていたのだけれど。あなたのほうで私にしてほしい用があるのなら、買い物は明日にのばしてもいいのよ」

「よかったら車で一緒につき合うよ」低い声が奇妙なほどぶっきらぼうに響く。「何時に出かけるんだ？」

リアは驚いた。しかし、そのあと気がついた。この人はできるだけ早く二人で弁護士と相談する予定なのかもしれない。それとも、彼が自分の弁護士と相談している間に、私には私の代理をしてくれる弁護士を探させたいのかもしれない。

「あなたとボビーには、お昼を用意しておいて、午前中に出かけるつもりだったんだけど、みんなで出かけるのならいつでもいいの。一、二時間、買い物をする暇さえあれば」

私の頭同様、彼の頭も強く占めているにちがいない話題を、この期に及んで避けて通っても始まらない。それに、もし私が自分の弁護士を見つけなくてはならないとしたら、いまそれを知っておいたほうがいい。そうすれば出かける前に職業別の電話帳を調べられる。

「では、決めたんですね？」リアは尋ねた。そしてふわふわの卵を、喉の大きな恐怖のかたまりのせいでのみ込めないかもしれないと気づく前に、うっかり口にしてしまっていた。

緊張した沈黙が訪れた。神経がいっそうぴりぴりしてきて、彼女はコーヒーカップに手をのばし、卵をコーヒーでなんとか流し込んだ。

リースはすぐには答えなかった。沈黙が不気味に感じられる。カップを置いて、ちらっとリースを見ると、たちまち、まじまじと見つめる彼の視線にとらえられてしまった。彼女の関心が完全に自分に向けられるのを待っていたかのように、リースがようやく答えを口にした。

「僕は息子に、パパは自分の責任が果たせなくて、おまえのママと離婚したとは言わないつもりだ。つまり、離婚はしない」

怒ったような口調のその言葉は、まったくのショックだった。もし腰かけていなかったら、彼女は膝ががくりと折れてしまっただろう。次の瞬間、ひどいパニックに襲われ、飛び上がって逃げだしたい気持ちを懸命に抑えなくてはならなかった。

見ると、リースはこちらがたじたじとなるほど冷ややかな顔をしている。彼女はもう一度ショックの波に耐えなければならなかった。離婚よりなお悪いことがあるとすれば、それはただ一つ、彼が我慢してこの結婚を続けることだろう。彼が、あのとき離婚しておけば、満ち足りた結婚という自分の理想にふさわしい女性を見いだす自由を得られたのにと後悔し、それからそのことを激しく恨むようになるのに何年かかるだろう？

それともリースはしばらくは努力するけれど、本気で愛せない女性とお義理で暮らすのはどうしても我慢できないと気づくだろうか？　そのころには私は、失望の憂き目を見ると決まっている希望をいたずらにつのらせているだろうか？　それとも、私と別れないのは彼の鉄の決意のせいだと絶えず思い知らされ、苦しんでいるだろうか？

最悪なのは、両親が愛し合っていないことにボビーが気づいたときだ。あの子は、自分のために父親が払った犠牲の大きさを知って、それに感謝するだろうか？　それとも気のとがめを感じるだろうか？　あの子は父親の不幸を私のせいにするだろうか？　それとも父親がいまのところ気づいていないらしい事実、つまり、私が父親の気の弱りに乗じたことを見いだすだろうか？

こう考えてくると、たとえ少しの間でも三人が幸せになる道はまったくないと言っていいだろう。リースが私を愛するようになるとはぜったいに信じられない。その可能性は無視できる。となると、親が愛し合う可能性がまったくない家族三人にとって、この先、新たな悲惨さ以外に何か確かなものがあるだろうか？

彼女は絡んでいた視線を外した。けれどこちらの苦悩を感づかれてしまったらしい。リースが口を開いたとき、彼女はそう思った。

「きみが聞きたかった答えではなかった？」

彼女は手を膝に下ろして、ナプキンを握りしめた。ふいに吐き気に襲われ、これ以上どれほど努めても、もう食べられそうになかった。言い間違いをしないように彼女は慎重に言葉を選び、口を切った。

「あなたはとてもいい人だわ、リース。それに立派な人よ」自分の言葉にうそがないのを知ってもらおうと、リアはひるむ心を抑えて相手を見た。黒い瞳は、先が続けにくくなるほど冷たく光っていた。「この結婚をちゃんとしたものにしようとあなたは懸命に努めるでしょう。だから、そういう返事になるのは当然だけど……」

次の言葉を予測してリースの黒い瞳に怒りが走る。

それを見て、リアの声が先細りに消えそうになった。しかし、心を励まして彼女は続けた。「あなたがこの問題を、本当に時間をかけてじっくり考えたら、見方も違ってくるでしょう」両手を握りしめ、淡々とした表情を必死で取り繕おうとする。「でもいざそのときが来ても、私はボビーの共同親権以外、何もあなたに求めるつもりはありませんから」

リースが顔をこわばらせた。「ボビーはウエイバリー牧場にずっと残る。彼の居場所である、この屋根の下に」

それは宣戦布告だった。リアはそのことを知って寒けを覚えた。これも予測していて当然だったのだろうけれど、リースがそれを遠慮会釈なく口にするのを聞くと、心が冷え冷えとしてくる。二人はいまは、感情的にも肉体的にもよそよそしいだけでなく、お互い敵同士になった。これで二人の不安定な関係はいっそう危うくなり、ひどい結末を迎えるしかないと思われてくるのだった。

ナプキンをテーブルに置き、彼女は静かに椅子を引いて立った。これ以上一刻も、平静さを装ってここに留《とど》まっていられそうもなかった。けれど、リースにこんなことを言いっぱなしにさせておくわけにはいかない。そんなことをすれば、この先彼にいいようにされるだけだ。

「今回は怒りを収めておきます」震えながらもリアはなんとか言ってのけた。ボビーの親権についての法的取り決めをいまは思いださせるつもりはない。必要となればそれを使うつもりだけれど、いまはそれを持ちださずに彼に立ち向かうほうが、分別というものだ。

「でも、この結婚は続けていくほうがいいと、私を説き伏せるつもりでそういうことをおっしゃるのなら、私、そんなことではあまり説得されませんから」

黒い瞳がいまは火のようだったが、彼女はその目をじっと見つめて視線を外さないように頑張った。そして脇《わき》に体をずらして椅子をテーブルに寄せた。

「きみはまだ食事が途中だ」怒ったように言う。座れ、と本当は命令したかったのかもしれないけれど、どう取られるかと用心したのだろう。どんなに怒っていても、この人は私に威張りちらしたり、命令したりしないだろう。その証拠を改めて見せられて彼女はほっとした。

「料理をしながら味見しすぎて食欲がなくなったみたいだから」穏やかに言う。彼の目に理解の色が浮かんだ。事実をオーバーに言って、ふいに食欲がなくなったのを、あからさまに彼のせいにするのを避けたのだとわかったらしい。「洗濯をする間、ボビーを見ていてくださいます？」

「ああ」ぶっきらぼうな答えになったのは、不快感といらだちをやっとの思いで抑えているせいだ。二人ともそれはわかっていた。


膝ががくがくしていたけれど、リアは落ちついてキッチンを横切り、短い廊下を通って洗濯室に行った。私は事態をよくしたのかしら？　それとも悪くしたのかしら？

どう考えたらいいのかわからない、というのが本音だった。実際に結婚はしたものの、リース・ウエイバリーについては、確かに彼女はあまり知らなかった。ただ眺めていたころや、そのあとレイチェルから聞いて知っていたころのリースは、いま相手にしなければならない彼とは、あまり符合しないように思えるのだ。

けれど避けたい論争については、少なくとも一種の限界をもうけ、一線を引くことができた。それにリースも、本質的には譲歩してくれたと見ていいだろう。もともと支配的なところのある人なので、それがいつまで続くかはわからないけれど。

レイチェルは二の足を踏むことなく彼に逆らった。しかも――何事についても彼女はそうなのだが――自信を持って逆らった。そして、彼の鼻息の荒さとなんでも独断的にやろうとする生来の傾向を、その手でかなり飼い慣らしたのだった。レイチェルなら彼もそれを当然としただろう。レイチェルが彼に立ち向かわなかったら、むしろ奇妙に思ったはずだ。

けれど私は、彼が熱烈に愛していた、そしていまも愛している女ではない。だから慎重にやらないと。

リースと争うことになれば、いちばん被害をこうむるのはボビーなのだ。それだけは避けないといけない。リースに決して愛されないとしても、嫌われるような羽目にだけはぜったいになりたくなかった。その無関心さに耐えるのさえ大変なのに。

だから、彼への愛情をその当人に悟られないようにするのが前よりいっそう大事になってきた。いままでは自分の気持ちを隠すのは簡単だった。関心のない相手については見落とすことが多いからだ。

でもいまは、彼は私に関心を払っている。私のすべてに。二人の結婚を少なくとも当分は続けようとして、その道を彼は探るだろう。そして当然、自分のどんな強みも利用しようとするだろう。

私が彼を愛していることを知れば、それは彼の最大の強みとなる。だから、感づかれないよう、とりわけ気をつけなくては。

# 3

リア・ウエイバリーとはいったいどういう女だ？

彼女は何を着て寝るのだろうと昨夜は思ったが、いまはその好奇心すら彼を嘲《あざけ》ってい
る。この何カ月間か共に暮らしてきた、声一つ荒らげない従順な女性が、なぜか一夜にし
て、すぐに怒る独断的な女に変わってしまったのだ。

リアと結婚したのは、レイチェルとボビーへの彼女の献身的な愛のためだった。そして
彼に万一のことがあったとき、レイチェルの両親がボビーに対して求めてくるかもしれな
いどんな要求とも、彼女なら闘ってくれるだろうとわかっていたからだった。彼女は自分
のためにはいつも控えめだが、子供のこととなるとまた別なのだ。

彼女の目には怯《おび》えがあり、声も少し震えていたが、こちらの目をまっすぐに見つめ、婉《えん》
曲《きょく》に最後通告めいたものを突きつけてきた。言葉は穏やかだったものの、その言葉の背
後には、あだやおろそかで言っているのではないと警告する、鉄の意志があった。

ボビーに関する限り、彼女は性悪女のように争う覚悟でいると、改めて彼は思い知らさ

れたのだった。

「パパ、もっと、ジューチュ」

ボビーが、リースの視界に入り込んでその関心を引こうとするかのように、高い椅子の中で体をよじって身を乗りだしていた。

二度三度と催促していたのかもしれないと気づいて、リースはちょっと驚いた。その驚きを隠そうと彼は思わず言っていた。「お願いするときの魔法の言葉はなんだった？」

ボビーは体を起こし、椅子の中でそっくり返って真剣な口調で叫んだ。「プリーズ！」

リースはオレンジジュースのピッチャーを取り、リアがいつもしているように慎重に、カップの下から一センチばかりの量を入れてやった。それを手渡す前にボビーのほうが両手で奪い取り、いきなり口に持っていった。リースは予備のナプキンをつかみ、ジュースがカップの縁の両側から飛び散るのをきわどいところで受けとめた。

「おい、相棒。この次はもっとゆっくりやるんだぞ」彼はぶっきらぼうに言って自分のナプキンも添え、よだれかけに細く流れ落ちるジュースを途中で受けて拭《ふ》き取った。それから辛抱強くボビーの手からカップを取ると脇《わき》に置いた。「もう、おんりするかい？」

「おんり、おんり」

リースは立ち上がり、遅ればせながら、リアがいつもテーブルに置いている濡《ぬ》れたタオルを取り、ボビーの顔や手からべたつきをやさしく拭き取ってやった。次によだれかけを外し、掛け金を外して椅子のトレーを横に押しやると、ボビーを抱き上げて床に下ろした。

自分の朝食に戻るころには、リースもまた食欲を失っていた。リアがおもちゃをしまってあるキャビネットのドアの方にボビーがよちよち歩いていったので、リースはテーブルの上を片づけはじめた。そんなことをするのは初めてだったが、自分も少しは役に立つのだと妻に示すことがいまは大事に思われたのだ。

数分で片づけ終わり、皿洗い機のボタンをセットしてからリースはいぶかった。リアはいったい洗濯室で何をこんなに手間取っているのだろう。


リアはバスケット一杯の洗ったタオルや布巾《ふきん》類を記録的な速さで畳み終わり、山のようにあるリースの仕事着に取りかかっていた。それからボビーのものを入れたバスケットをタオルのバスケットに重ね、家の中を通ってそれをしまいに向かった。

まずボビーの部屋に行き、彼のものを元の場所にてきぱきと入れていく。入れ終わったとき、ドレッサーの上にいつもあったレイチェルの小さな写真がなくなっているのに気づいた。急いで部屋を眺めまわしたが、どこにも見あたらない。

リアはタオルのバスケットをリネン用クロゼットに運んでそれをしまい、ベッドを整えようと急いでリースの寝室に行った。枕《まくら》をふくらませているとき、ふと思いついて、レイチェルの写真がいつも飾ってある背の高い整理棚を見た。

そこの写真もなくなっていた。すると、ボビーの部屋の写真がなくなっているのも、何かの間違いではなかったらしい。書斎のもなくなっているのかしら？　昨日まではどの写真もあった。だからリースが、昨夜ベッドに引き上げる前か、今朝、朝食にキッチンに姿を現す前にどこかへ取り除いたのだろう。離婚はしないという決意を私に伝える前に、そうしたのだ。結婚を続けるための行動を本気で始めたらしい。

写真を片づけるのは彼にとってどんなに辛《つら》かっただろう。写真が家の中に飾られていることを私は一度も妬《ねた》んだことはないのに。私だってレイチェルとはあんなに親しかったのだから、彼女の写真が身近にあることで慰められていたのだ。

戸口からリースの声がして、彼女はぎくっとした。

「ほら、坊やの行方不明のママが見つかったよ」

リアはベッドカバーの皺《しわ》を急いでのばし終え、廊下のドアの方を見た。

リースはボビーをその広い肩に乗せていた。ボビーは父親の髪をつかみ、嬉《うれ》しそうにくすくす笑っている。ボビーのはしゃいだ顔に比べて、父親は陰鬱《いんうつ》な顔をしていた。レイチェルの写真のあった場所を凝視していたのを見つかってしまったらしい。

「ボビーを見ていてくださってありがとう。もし何かしなくてはならないことがおありなら、どうぞしてちょうだい」彼女は言った。

「写真のことに気づいたようだね」

リアはうなずいた。「ボビーの部屋のも」

「写真は、いちばん手前の寝室のドレッサーにしまったんだ。ボビーのために取っておけるように、暇なときでいいから包んでおいてくれないか。僕があとで、車庫の上の屋根裏に片づけるから」

「出かける前にやってしまえると思うわ」

二人の間に気まずいものが流れた。明らかに落ち着かなくなる。リースのほうがもっとそうらしい。

「僕たちには何か新しい写真が必要だ」きびきびした口調がどこか命令っぽく響く。

リアはリースの視線を探り、ふいにみぞおちの辺りがきゅんとなった。とても意味深長な感じの言葉だ。でも彼が〝僕たち〟という表現を使うのを聞いたり、二人一緒の未来のために何かを手に入れようと言うのを聞いて、自分が安堵《あんど》したのか心配になったのか、はっきりはわからなかった。何かに希望を見いだすにはまだ早すぎる。二人は感情的にいまもこんなに遠いのだから。どんなに多くの細々した計画を立てても、埋め合わせにはならない。

「それはいいかもしれないわね」あいまいに聞こえるような言葉を選んで答え、リアは話題を変えた。「サンアントニオには何時ごろお出かけになりたい?」

「ショッピングモールが開く時間に間に合うように出かけるというのはどうだい?」

「いいわね」

リースが一緒に来るということにリアはまだ驚いていた。とりわけ、彼女の着るものを買うとわかっているというのに。リースの買い物アレルギーについてはレイチェルがよく冗談めかして言っていたものだ。女性の買い物につき合うのは特に毛嫌いしていると。

「写真やほかの用事を片づけて、七時には出かけられるでしょう」

リースはうなずいて、ボビーを高々と肩車したまま背を向けた。「きみの邪魔にならないようにボビーは見ているから」

リアは少し茫然《ぼうぜん》としたまま二人を見送った。リースと私の間は何かが変わったという、間違いようのない感覚に圧倒されていた。でも、まだその変化を本気に取る気はしない。リースはいい人だ。本当の結婚生活ができるよう、彼なりに懸命な努力をするだろう。少なくともしばらくの間は。

二人とも努力はしたんだ、とあとになって言えれば、どちらも気がすむだろう。だから私も彼に合わせていこう。合わせられないこともいくつかはあるだろうけれど。

心に留《とど》めておかなくてはならないいちばん大事な点は、このどれにも希望を託してはならないということだ。その間違いだけは犯してはならない。

サンアントニオまでの長いドライブは、緊張と気詰まりの連続だった。お互いどうしても打ち解けられないのだ。二人の間には、ときどきおざなりの言葉を交わす以外何もないように思え、ショッピングモールの入り口近くにリースが駐車スペースを見つけるずっと前から、リアの頭はずきずきと痛みだしていた。

博識で、相手がだれであろうと話題がなんであろうと話のできる人が、私が相手だと、話すに足る何も見つけられないようだ。もちろん、ここ何カ月かはあまり口もきかなかったけれど。でも、離婚は望まないと今朝こそはっきりさせたばかりなのに。もう二の足を踏みはじめたのかしら？

それとも、私とはいままでどおり無口で押し通せると思っているのかしら？　レイチェルとは話題に事欠かなかったことを知っている。だからこそ会話の糸口は任せていたのだ。ずるいかもしれないけれど、二人の間の気詰まりの解消を一人であくせく努力したくはなかった。

それに、ほんの少しでも満足のいく結婚生活は二人の間にはありえないと、リースが早く納得するほうがいい。この十一カ月で、私にはそのことがわかった。愛がなければ無理だと。リースにもわかってもらわなければ。それは早ければ早いほどいい。

ショッピングモールに着いたとたん、ボビーは興奮して、ベビーカーで中を全部見てまわりたがった。リースは根気よくそれにつき合い、ボビーが興味を覚えたらしいものがあると、もっとよく見られるように、いちいち立ち止まってやった。リースにそれほどいやな思いをさせていると感じずに、彼女も新しい服を何枚か買うことができた。

リアが代金を支払って、ペットショップの前にいる二人に追いつくと、ボビーは、ゴールデンレトリーバーの子犬が二匹、ショーウインドーの中で騒々しくふざけ合っている姿に夢中になり、きゃっきゃっと声をたてていた。

「中に入って見せてやったほうがいいかな?」二人の横に立ったリアにリースが尋ねる。

「中に入れるものだとわからせても大丈夫?」茶化した笑みで彼女は答えた。「このショーウインドーから引きはなすだけでも手を焼きそうよ。でも……」

ガラス越しに子犬に触ろうとボビーがベビーカーから身を乗りだそうとしたので、彼女はそちらに気を取られた。少し身をかがめ、片手でそっとボビーをその場に押さえつけた。

「でも?」

「でも、この子が新しい発見をするのも見てみたいし」彼女は諦《あきら》めて、ボビーを抱き上げようと買い物袋を下に置いた。「私はまだ、小鳥や魚やほかの這《は》いずりまわる気味の悪い動物を見せに、ボビーを中に連れて入ったことはないの」彼女がボビーを抱いて振り向いてリースを見上げると、彼はそれと察して子供を抱き取った。「そういうのは、パパが見せてやれるものの一つかもしれないから」

「きみは入らないのかい?」

「まあ、もちろん入るわよ。でも店内を十分見てまわったあと、ぐずられずにボビーを連れだす手を考えるのはあなたですからね」

リースがにっこりした。その思いがけなさに彼女の胸は喜びで震えた。

「そんなのわけないさ。ペットショップからこの子を連れだすには、次はおもちゃを見ようと言えばいいんだよ」

調子に乗るのは危険かもしれないけれど、この瞬間を手放したくない。彼女は懸命に二人の間を気軽な雰囲気に保っておこうとした。「あら、まあ、パパ。それではおもちゃ屋さんからこの子を連れだすのに今度はどんな賄賂《わいろ》を使うの?」

リースの笑みが大きくなった。「僕たち大人が二人がかりで、こんなおちびさん一人をあしらえないとは思わないだろう?」

その言葉を聞いて、彼女の胸はまた喜びのすてきな震えを覚えた。

「そんなに自信を持って言いきれるほど、私たち二人ともこの子にまだ手を焼かされたことがないということもお忘れなく」

「ではこれは、僕たちみんなにとっていい勉強になるだろうよ」

彼女は眉を上げ、あいまいな笑みを浮かべてみせた。「ベビーカーは私が持ちますから」

三人はペットショップに入った。ボビーはいろんな動物に興奮し、それは見ているだけで楽しかった。リースは息子に対してとてもやさしくて辛抱強かった。二人はたっぷり時間をかけて、ボビーがすっかり満足のいくまで店内を見てまわった。

リースがついに彼女に身を寄せて、声をひそめて言った。「オーナーが、何か買うか、そうでないならとっとと出ていってくれ、という例の目つきでこちらを見ているよ」

リアはささやき返した。「先見の明のないオーナーね。私たち、こうやって将来のいいお得意さんを育てているかもしれないのに」きらきらした目を彼女はリースに向けて続けた。「ひょっとしたらね」

それは、二人の間に電気が走るという、あの瞬間の一つだった。目に見えない障害物が取り除かれ、二人が同じ側に立ったという感覚を、本当に思いがけず、しかし手に触れるほどはっきり二人が共有した瞬間だった。

そんな印象を私は勝手に作り上げているのではないかしら。リアは恐ろしくなり、絡ませていた視線を先に外した。このひとときを除けば、いままでのところ、二人の間は決して快適とはいえなかったのだから。だが、この結婚がうまくいくはずがないと思いながらも、彼女の心は奇跡を望んでしまうのだった。

二人はボビーを店から連れだすことができた。それはぜんぜんむずかしくなかった。ボビーがだだをこねかけたとき、リースが次に移る時間だよと言っただけだった。ところが、ボビーはすぐにおとなしくなり、ベビーカーに戻るのがむしろ嬉しそうだった。

三人はショッピングモールを出てファミリーレストランに向かった。おむつを替え、手を洗ったあと、ボビーが食事中に外の車の流れを見ることができるようにと、窓際の席に座った。

ペットショップのあの束《つか》の間《ま》のひとときほどではないが、二人の間は少しくつろいだものになってきた。食後ボビーがぐずりだしたので、おもちゃ屋はこの次にまわし、三人は牧場へと向かった。

家へ帰りつくまでボビーはほとんど眠っていた。リースに抱かれて中に入り、ベッドにそっと寝かされる間も眠りつづけていた。

電話がかかってきたとき、リースが出た。それは長く続き、ボビーの目覚めた声を聞くまではと、リアはいくつかの雑用に没頭した。電話が終わったあともリースは書斎にこもりきりで、彼女はがっかりする自分にいらだった。

片田舎のどこかのショッピングモールの店先にたまたま居合わせた、見知らぬ二人の和やかな会話程度にすぎないものに、彼女の愚かなハートは、どれほど言いきかせても、どれほど分別がささやいても、すでに大きな期待を持ってしまっていた。ふつうの夫婦の会話に比べても、わびしいくらい凡々と、取るに足りないものと思えるのに。

期待感を抑えられないのにうんざりしながら、彼女はボビーの部屋に行った。そして、すでに起きていたボビーを抱き上げ、キッチンに持っていくおもちゃをひと揃《そろ》え集めた。夕食後にいただくのによさそうな新しいデザートのレシピがあり、日常の仕事に戻れば正常な見方も戻ってくるように思われたのだ。

夕食では、二人の間がサンアントニオへのドライブのときと同じほど気詰まりなものだとわかったにすぎなかった。リースが料理、とりわけルバーブ入りデザートについて褒め言葉を惜しまなかったという点では前と違っていたけれど。

夕食後リースは、彼女がお風呂に入れるまでいつもそうしているように、ボビーをつれて書斎に消えた。彼女はキッチンの片づけをすませ、居間に向かった。

ホイット・ドノヴァンは、今度のバーベキューパーティーで催されるダンスパーティーのために、カントリーミュージックのバンドを雇っていた。それで、リアはテレビのスイッチを入れ、この前町に行ったときに買っておいたダンスビデオを捜した。

ロマンチックな経験のない彼女は、ダンスを覚えるチャンスもなかった。一度ダンスに誘われたことはあったが、ダンスフロアまで行きつかないうちに、相手がほかの女性に心変わりし、その人と踊ってしまったのだ。それからはダンスを避けるようにしていたけれど、踊っている人たちを映画で見るのは好きだった。

ホイットのダンスパーティーはカジュアルな雰囲気で、この辺りの牧場で働く男たちも大勢集まる。ひょっとしたら彼女もダンスに誘われるかもしれなかった。大抵の場合、相手をする女性のほうが数が少ないので、少なくとも一度ぐらいは誘いを受けるだろうと考えても、それは別に自惚《うぬぼ》れでもなんでもなかった。

だから先週末、ビデオショップのバーゲンコーナーでダンスのビデオを見かけ、買っておいたのだった。万が一のときのために、比較的よく知られているダンスのいくつかのステップをビデオで見ておくのも悪くはないだろう。

ビデオをつけて三十分もしたころ、ドアのチャイムが鳴ったので、リアはビデオのスイッチを切って玄関に出た。ホイット・ドノヴァンが戸口の階段の上に立っている。彼はリースと同じほどの背丈があり、同じようにがっしりした体格だった。二人とも髪も目の色も黒く、いかつい顔立ちも似ている。しかし、どちらかといえばきまじめなリースがこのごろ決して見せない茶目っ気やいたずらっぽさを、ホイットは持ち合わせていた。ホイットはまた美人好みの浮気者だ。次々と女性を替え、束の間のロマンスを数多く楽しんでいるが、リアの好きな人たちのうちの一人だった。レイチェル以外にそんな気持ちを打ち明けたことはないけれど。

黒いステットソン帽をホイットはさっと脱いだ。「こんばんは、ミズ・リア」

「いらっしゃい、ホイット」彼女は一歩引いてドアをいっそう広く開けた。「主人はいまボビーと一緒に書斎にいます。どうぞお入りになって」

ホイットは中に入った。「彼、土曜のバーベキューパーティーのことは決めたかい?」

「本人に直接きいてください」彼女はそう答えてドアを閉め、振り向いた。ホイットはステットソン帽を逆さにして玄関のテーブルに置いていた。

「彼は来なくても、きみは来るだろうね?」心変わりを脅すように黒い眉をぐっと下げる。

リアはにっこりした。「ええ、楽しみにしています」

「そうだろうね。テキサス一の陰気野郎と結婚したようなものだから。あのむっつり屋にどうやって耐えているんだい？」

よくそう言われたりきかれたりする。ホイットも、いつも冗談めかしてはいるけれど、リースの引きこもり傾向を歓迎はしていないのだ。私や私がリースとあわただしく結婚したことも、やはりあまりよくは思っていないのかしら？　私にはいつもとても親切にしてくれるけれど。

「なんとかやっています」如才なくほほえんでみせてからリアは答えた。

「よかった。土曜の夜は、彼が来ても来なくても、三曲は僕のものだと、大殺到が始まる前に知っておいてもらいたかったんだよ」

「大殺到？」

「そう、大殺到。男どもはきみと踊ろうと、われがちに駆けだすだろう。だが、三曲は僕とだからね。できたら最初のやつを」

リアは当惑した笑みを浮かべた。「まあ、ありがとう。でも大殺到が起こるとしたら、最初のダンスで私があなたの足を踏んだときだけだわ。痛いというあなたの叫びを聞いたら、みんな一目散に反対方向に逃げだすでしょうから」

「きみが僕や連中の足を一晩中踏んづけて踊っても、みんなきみと踊りつづけたいと思うだろうよ」

突飛な予測に彼女は目をむいてみせた。「では、どうなるか見てみましょう」

ホイットの黒い瞳が一瞬、真剣な色を帯びた。「ああ、見てみよう。僕の言うとおりだとわかるよ」

そんなことはないとわかっているのに、この人は私をからかっているのだ。リアは少し困惑し、つい口をすべらしてしまった。「私、踊り方さえ知らないのよ」

ホイットの顔がおどけた驚きに変わった。「きみにダンスをだれも教えなかったとは、この辺りの男どもはどうなっているんだろう?」

軽い切り返しもできないでいるうちに、彼女はホイットに手を取られていた。

「それはすぐになんとかしなくては」ホイットは彼女を引っぱって玄関の間をあとにし、居間に入っていきながらきっぱり言った。

ぶしつけにならずに断る手をすぐには考えつかず、遅ればせながら、彼女はようやくビデオのことを思いだした。

「どうぞ気になさらないで」あわてて言う。「ビデオを買いましたから」

ホイットが足を止めて振り向いた。「ビデオ?」

「ええ」少し息切れしながら彼女は答えた。「ダンスのビデオを。あなたがいらしたとき、ちょうど見ていたの。だから、どうぞ……」

ホイットは辺りに視線をめぐらして、コーヒーテーブルの上にテレビのリモコンを見つけた。それを画面に向けて、再生ボタンを押す。

《コットンアイド・ジョー》という曲のダンスレッスンの途中からビデオは始まった。納得したらしく、ホイットはリモコンを脇に置いて、彼女に向きなおり、両手を差しだした。

「さあ、おいで。これはちょっとややこしいステップだが、覚えられるよ」

リアは片手を上げて、一歩後ずさった。「むずかしすぎるわ」ホイットに首を振られ、彼女はふいに絶望感に襲われた。「それに、ここは狭いし」

ホイットが手を取ってリアを後ろ向きにし、ぴったり引き寄せて片腕を彼女の腰にまわした。

「この広さで十分だよ。リズムやビデオは無視して、ステップだけ踏んでみよう」

がっしりした腕が体にまわされている感じも、両手を取られている感触もとてもすてきだった。ホイットは複雑なステップの一つ一つを根気よく指導し、二人はコーヒーテーブルとソファーと安楽椅子を大きく一巡した。ビデオは次のレッスンに移っていたが、二人はもう一巡、今度は少しテンポを上げて続けた。それでも彼女はステップをほんのわずか踏み間違えないようになっただけだった。

リアはついに笑いながら体をはなした。「初めに覚えなくてはならないダンスのステップというのがきっとたくさんあるのよ。たぶん、もっとやさしいのが」

ホイットもおもしろそうにしていた。彼女を無理に引き留めはしなかったが、またリモコンに手をのばした。ビデオを巻き戻して、ほかの箇所を出すのだろうとリアは思ったけれど、彼は停止ボタンを押して、テレビのカントリーミュージックのチャンネルのボタンを押した。ガース・ブルックスの最新のバラード曲が始まったところだった。ホイットはリモコンを置いて彼女に向きなおった。

「初心者向きにこれ以上簡単な曲はないな。さあ、おいで」

差しだされた大きな手のひらに、リアは自分の手をためらいがちにのばした。今度はホイットは彼女を胸にしっかり抱き寄せた。スローテンポのこのダンスは何度も見たことがあるが、それがどれほど親密な感じのものなのか、彼の腕の中で、片手を相手の手に預け、片手を相手の胸に当てて、そのハンサムな顔を見上げるまで彼女は知らなかった。二人の間がほんの数センチしかあいていないのに気づき、彼女は恥ずかしくなった。

けれど、ああ、だれかの腕の中にいるというのは、とても、そうとても、いい感じだった！ リースともこんな感じなのかしら？ 彼女はそれは考えないようにして、ホイットに抱かれているすてきな感覚だけに没頭しようとした。

彼はやさしくコーチし、そっとリードしてくれた。本当に稽古《けいこ》の必要がないほど、とても簡単なステップだった。リアは楽しんだ。それが容易にマスターできるダンスだからというよりは、たくましい腕に抱かれているのがとても新鮮な感じだったから。

だから、何か悪いことをしているような気にふいに襲われたときは驚きだった。そのまま数ステップを踏んだが、これはよくないという感覚は深まるばかりで、彼女は足を止めてしまった。ホイットも同時に立ち止まった。

「ほらほら、リア」自分だけに聞こえるような声でささやかれ、彼女は思わず顔を上げていた。「きみのばかなご亭主がようやくこっちに来るころだ。あと数ステップできっとうまくいくよ」

〝うまくいく〟という言葉でホイットが何を意味しようとしたのか気づく前に、彼女はまたステップを踏まされていた。ただ今度は、もっと抱き寄せられ、口が彼女の耳に触れるほどかがみ込まれていた。「悪いけど、ダーリン、僕はきみの味方なんだよ」

ささやくように打ち明けられ、リアはショックを受けて心臓が激しく打った。これはいったいどういうことになるのだろう。

# 4

居間から、カントリーミュージックと奇妙な物音がかすかに聞こえてきていたが、また電話がかかってきたので、リースはすぐには確かめに行けなかった。電話を切るころには、テレビの音はまだしていたが、奇妙な物音はやんでいた。いずれにしろ、リアがボビーをお風呂に入れる時間だった。それで、彼女との連帯感を少しでも高められればと、今夜は彼も入浴を手伝うことにした。

彼はすでに、陸《おか》に上がった河童《かっぱ》の心境だった。リアとの間に、親密な仲間意識といったものを見いだすのがどんなにむずかしいかを知ってうろたえ、どうすればいいかと途方に暮れてしまうのだった。何かを一緒にやるのが秘訣《ひけつ》にちがいないのだが、今日は自分がただ義理でやっているという思いが拭《ぬぐ》えなかった。息子のためにこの結婚をうまくやっていきたいのなら、もっと上手にやらなくては。

おもちゃを取り上げられてボビーはちょっと抗議し、それから目をこすりだした。今日はずいぶん長く昼寝をしたが、もう眠いのだろう。片腕で抱きかかえると、信頼しきったように頭を肩にもたせかけてきた。甘酸っぱい愛《いと》しさがリースの胸にこみ上げた。

この子のためならなんだって僕はやる。リアはやさしくて寛大な女性だ。息子を愛してくれる女性として僕の心にすでにその場所を占めている。男は自分の妻に愛情を持って当然だ。そういう愛情なら、僕もリアに対して持てるだろう。息子のためだけだとしても。

リアもこちらに対して何も感じていないのかもしれない。ふいにリースは気づいた。だとしても、僕自身この何カ月間か、決して最良の状態ではなかったのだから、彼女を責められはしない。いままで、そのことを考えてみようともしなかっただけでも、不遜《ふそん》というものだ。

だが、彼女もこちらになにも感じていないと思うと、いっそう挫折《ざせつ》感が深まるばかりだった。こちらが大して愛情をかき立てられそうもない女性に、どうすれば自分を好きになってもらえるだろう？

二人のせっかちな結婚の結果が重くのしかかってくる。虚《うつ》ろな心で交わしたあんな契約を、少しの間でも続けていけるとどうして考えられたのだろう？　とりわけレイチェルとの結婚生活のあとで、その足元にも及ばないような結婚で妥協できるなんて、どうして考えられたのだろう？　あのときはボビーのことしか考えていなかったのだ。だが少しはリアと自分のことについても考えてみる時間を取るべきだった。

自問自答してみても、暗い気分は晴れそうもなく、この先の成り行きへの自信もわいてこない。

角を曲がって居間へと踏み込んだとき、目前の光景にリースは驚いた。見たものを頭が理解したとたん、唐突に足を止めていた。

妻が、彼のいちばん古い、そしていちばん親しい友人の腕に抱かれて踊っているのだ。そのいちばん親しい友人は、まともな男なら相手にする暇がないほど大勢の女性を引きつけ、出会う女性すべてを魅了できるという男だった。彼のいちばんの親友であるその男が、あまりにもぴったりと寄り添って妻とダンスをしているのだ。

しかも妻は、身をかがめたその男が耳元で何かささやくのを、驚くほど唯々諾々と受け入れている。そして、ささやかれた言葉をよく聞こうとするかのように首を心持ち傾《かし》げた。唇が相手の顎に触れそうになっているにちがいない。

妻は、彼の親友に抱かれて踊っているだけではない。その手を相手の胸に当てている。うっかりして触れた以外、彼に触れたことなど一度もない妻が、いまはしっかり抱かれて踊っている。しかも相手はやすやすと彼女にそうさせているらしい。

女性に対するホイットの手腕を、リースはいつもおもしろがっていた。だがいまの状況には、ほんのかすかにでもおもしろがっていられるものはなかった。

唐突に燃え上がった嫉妬《しっと》の炎は強烈で、リースは完全に足元をすくわれてしまった。心のどこかでは、それが不合理な感情だとわかっていた。ホイットはレイチェルとよくダンスをしたが、そのときはなんの脅威も感じなかった。だが、リアがいつしか自分からはなれていくかもしれないと思うと、彼の持つあらゆる野性的本能がかき立てられるのだ。しかも彼にはぜったい見せないような楽しい様子をホイットには見せている。それがいっそう腹立たしかった。

ホイットにゆっくり体をまわされたとき、リアはリースの顔をかいま見た。その顔は見間違いようもなくこわばり、黒い瞳には怒りがぎらぎらと燃えている。

リアがとっさに感じたのはやましさだった。それからプライドが反抗の叫びをあげた。なぜリースが怒るの？　私はほかの男の人とダンスをしているだけ。彼が何かばかげた理由で私を信用していないとしても、ホイットはリースのいちばん古い、いちばんの親友でしょう？　だからホイットのことは、とことん信用しているはずなのに。それにリースがレイチェルに対しては嫉妬の炎を燃やしたことがないのも知っている。リアは当惑し、腹が立った。

あなたが行こうと行くまいと、私はバーベキューパーティーに行きますと、つい昨日リースに言ったところだ。そして彼は一緒に行くとも行かないとも、ほのめかしすらしなかった。それなのにいま、ダンスのレッスン中に入ってきて、ふいに腹を立てている。その顔からすると、これを一種の不倫と考えたにちがいない。

彼女は取られた手に力を入れ、ホイットがダンスをやめないように願った。そして、次のステップで体をまわされ、リースの顔が見えなくなったとき、せっかちにささやいた。

「このダンス、最後まで続けてもいい？」

こんなことをきけば相手に心の中を見透かされるようなものだとは心配しなかった。リースと親しいホイットのことだ。私と彼との結婚生活がどんなものかを知っているか察しているだろう。それにホイットはついさっき、一種の共犯者を買ってでたも同然なことをささやいたばかりだ。

「いいとも。やつに割って入らせてやろう」耳障りな声で言われ、彼女は少しうろたえた。

そんなことは考えていなかった。ただダンスを最後まで続けようとしただけだ。ホイットとダンスをし、腕を体にまわされている感覚を楽しむのは、何か間違っている。ついさっきまではそう考えていたけれど、非難するようなリースの顔に私が怯《おび》えると思わせるわけにはいかなかった。ホイットとダンスをしても本当はたわいないことなのに。リースさえあんな不当な怒りを見せなかったら、すぐにも私はダンスをやめたかもしれないのだ。

だが、そんな考えをいまホイットに吹き込まれて、リアは気づいた。これは、リースとの間にある、私に触らないでという壁を少しばかり取り除く思いがけないチャンスになるか、それともひょっとしたら、その壁をいっそう高くすることになるかもしれない、と。

私は本当はどちらを望んでいるのかしら？　それに、こんなことで本当に二人の間がどちらにしろ少しでも変わるのかしら?

リースがどうするか、ふいにとても大事になってきた。リースが止めに入らないで私にダンスを続けさせるか、次の曲への相手を申し出るかしてくれなかったら、私はひどく傷つくだろう。一方、いま彼が止めに入ったとしたら、どうなるかしら? 彼はずっとしかめっ面をして怒っているかしら? それともお互い少しリラックスして、一緒にいる気詰まりが減るかしら?

バラードが終わりに近づくにつれ、時の経《た》つのが遅くなるように思え、各音符の間が何時間にも感じられた。曲がついに終わるまで、リアの緊張はどんどん高まっていった。静寂の訪れた一、二秒の間、深い失望のうつろな痛みを彼女は味わった。テレビをちらっと見ると、制作協力者の名前の一覧がちょうど流されているところで、続いてビデオジョッキーが次の音楽ビデオの紹介を始めた。

リアが体を引くと、ホイットが抱擁をといた。彼女はこわばった口元に微笑を貼《は》りつかせてはいたが、同情の色を見るのが怖くて、ホイットの顔は見上げられなかった。

「ありがとう、ホイット。ダンスがとても上手なのね」押し寄せてきたいろいろな感情の中でもとりわけ身をよじるような恥ずかしさを感じ、彼女は圧倒されそうだった。

それに、リースが何もしなかったことがなんともばつが悪かった。彼はボビーを抱いたまま、まだ戸口に立っている。次の曲がスローテンポのものでも、ダンスを申し込むつもりのないのは明らかだった。

「こちらこそ楽しかったよ、ミズ・リア」ホイットが慇懃《いんぎん》に答える。

リアはリースの方に向いて言った。「ボビーをお風呂に入れるわ。その前にあなた方がアイスティーをお望みなら別ですけど」

息詰まるような沈黙をホイットは心臓の鼓動二回分以上長引かせはしなかった。「僕は結構だ、ありがとう。立ち寄った用はすぐにすむから」ホイットはそれから眠そうにしているボビーに声をかけた。「やあ、ボビー。なんだか、おめめがねむねむだね」

ボビーは笑顔になろうとしたけれど、それは気むずかしいしかめっ面に近くなってしまった。リースとてもよく似ていて、父子の息がぴったり合っているかのようだ。リアはボビーを抱き取ろうと近づいていった。

ボビーが熱っぽく手をのばしてきて、彼女の腕にしっくりと収まる間も、リアはリースの顔は見ないようにしていた。リースとはいつものようにお互い触れ合わずに、子供の受け渡しが終わった。相手に触れないという二人の間の壁はまだ健在だった。それをもう一度しっかり確認しておくほうが結局はいいのだろう。だから、彼がダンスを止めに入ろうとしなかったのも不思議はなかったのだ。

「では、お二人ともおやすみなさい」彼女は急いで言い、ボビーを抱いてリースの横をすり抜け、寝室のある方へ向かった。

リースはさっきよりなおいっそう自分にいらだちながら、ホイットの先に立って玄関の間を抜け、表の戸口に向かった。リアが目を合わせようとしなかったとき、すぐに彼女の感情を傷つけてしまったのだとわかったのだ。ホイットと外に一歩出たとたん、何がやってくるかリースにはぴんときた。ホイットは意見をめったに自分の胸一つには収めておけない男だ。

「おまえってやつは、人でなしで、おまけにばかだ」きっぱりと言う。「リアが息子を引き連れて町に逃げださないのが不思議なくらいだ」

みぞおちにパンチを一発お見舞いされたような罵倒《ばとう》だった。「きみに何がわかるというんだ」

「目と常識があるからな。彼女はおまえに対しておどおどしすぎている。好意を持たれていると――この場合は愛されているということだが――信じている女性は、あんなふうには振る舞わない」ホイットがリースを肘でぐいと突く。「それに第一、自分の女をきちんと扱ってやっている男は、やきもちなどやかないものだ」

「やいていると、だれが言った?」

「僕だ。それにやきもちをやくのは、自分が間違ったことをしていると知っている男だ。そうすれば、嫉妬を自分のやましさをカバーするのに使えるからな。悪いのは女で自分ではない、というわけだ」

二人はホイットのピックアップトラックの所まで来ていた。

「またいつものように見当違いな戯言《たわごと》を言っている」

ホイットはふいににやりとしてみせ、運転手側のドアを開いた。いつもよりきわどい話題だったが、二人はどんなに厳しい真実でも言い合える仲だ。どちらかが腹を立てたとしても、もっと直接的で単純な方法で問題が解決されることもしばしばあったのだ。

「そうかもしれないがな」まだるっこい口調が相手をいっそういらだたせると知りながら、ホイットは譲歩した。「だが、おまえがいまほど愚か者だったことはないぞ。おつむがよくなる薬でものんだほうがいいんじゃないのか。それとも、リアが坊やを寝かしつけたらダンスを教えてやるんだな。そのほうがもっといい」

リースの顔が怒りで険しくなるのをホイットは満足げに眺めていた。

「今夜はもう帰れよ。尻を落ちつけすぎると嫌われるぞ」リースはぶっくさ言い、追い立てるように、ピックアップトラックのドアをさらに大きく開けた。

「そうは思うが」ホイットはいっそうにやにやした。「これが、女の道に通じている者の辛《つら》いところさ」ホイットが踏んだように、リースは黙って聞き過ごしはしなかった。

「女のエキスパートとしては、このところ、イーディ・ウエッブとはどうなんだ?」

思いがけない質問に、ホイットの楽しい気分は木っ端みじんにされ、自惚《うぬぼ》れた笑みも消えた。「イーディ・ウエッブはおまえの知ったことではない。それに彼女は僕の妻でもないんだ」

にやりとするのは今度はリースの番だった。ただそれは苦々しい微笑だったが。「リアもきみのかみさんではない」

ホイットが目を三角にした。「一本取られたな。かすり傷程度だが」

怒りがすっと消えるのをリースは感じた。ピックアップトラックのドアにかけていた手をはなし、めずらしく疲れた仕草で彼は指で髪をすきあげた。

「ちくしょう」リースはうなるように言ってドライブウエーの向こうの大通りを眺めやった。「彼女をつなぎ止めておくのにどうすればいいか、何も思いつかないんだ。いい考えは何も」

ホイットがリースの肩に気さくに手をかけた。「ばかだな。そう彼女に言ってやれよ。そのどでかい誇りをぐっと抑えて正直になるんだ。リア・グレイはいい娘だ。だが、ひどい目に遭ってきている。だからおまえに追い出されるかと死ぬほど怯えているかもしれない」一瞬口をつぐみ、それから真剣な口調でつけ加えた。「だから、おまえからそうされると思ったとたん、自分から出ていってしまうだろう」

リースはむっとした顔を相手に向けた。「きみはなんだ？ 霊能者か？」

「すると彼女、〝り〟の字を持ち出したんだ？ やっぱりな」ホイットは首を振って、リースの肩を慰めるようにぐっと握った。「だが離婚されるのは決して望んでいないはずだ。賭《か》けてもいい」

ホイットは相手の肩から手を下ろし、顔を引きしめた。

「だが、おまえが何を望んでいるかには金は賭けないな。だいたい、おまえは彼女をぜんぜん愛していないんだろう？」

ぶっきらぼうに詰問され、リースの良心は針を刺されたように痛んだ。「いつそんなことを言った？」

「愛しているといつ言った？」

リースは激しく悪態をついたが、ホイットはびくともしなかった。

「僕なら、毎晩彼女と並んで寝ていて、惚れないでいられるなんて考えられないが」

リースは相手をにらんだが、真相を白状しようとはしなかった。ホイットもそれを期待していなかったらしい。そのまま先を続けた。

「だが、おまえたち二人は真っ昼間でも、同じ寝室に立つことすらまだしていないんだと思うよ。ボビーの寝室でなら別だが。僕がおまえなら、そういうことからまず改めるな」

リースの怒りがまた数段高まった。「なるほどな。だが、きみは僕ではない」

「そうだ。だが僕なら、自分の考えを彼女に言って謝り、いちばん手近のラジオをつけて、一緒にダンスをする。キスさえするかもしれない。そして明日は、彼女のものを僕の寝室に移すように言う。彼女が言われたとおりにしなければ、彼女のベッドに入れてもらえるように何か手を見つける」ホイットはにやっとした。「妻を誘惑するのは罪ではない」

「ああ、まったく」リースはぶつぶつ言った。「考えてもみてくれよ。まだ本当にはやってもいない結婚がぶっつぶれるかもしれない、ときた。だが、ありがたいことに、知ったかぶりの独身男がいて、僕の男としての欠点をあげつらい、結婚生活についての老練なアドバイスをしてくれた。僕の問題はすべて解決したわけだ」

ホイットがくすくす笑い、上機嫌でリースの肩を叩《たた》いた。「礼はいいから、行動開始だ。ただ、覚えておくんだな。与えよ、さらば得られん、ということをな」

ふいにリースは久しぶりに楽しい気分になった。ホイットもそれに気づいたらしい。二人は一緒に声をたてて笑った。先に真顔になったのはホイットだった。「では僕は引き上げて、おまえをリアのやさしい情けに任せたほうがよさそうだな」ホイットはもう一度友人の背中を上機嫌で叩き、それから振り向いてピックアップトラックに乗った。「だが土曜日におまえが彼女と一緒に現れなかったら、仲間を引き連れていって、そのみじめったらしい尻を蹴飛《けと》ばしてでも、おまえを僕の家に引きずってくるからな」

ピックアップトラックのドアをばたんと閉める音でホイットは警告を強調し、それから、また険悪になってきた友人の顔に向かってにやっとした。

「うまくやれよ」

大きなエンジンががたがた音をあげる。リースが一歩下がると、ホイットがアクセルを踏み、ピックアップトラックは轟音《ごうおん》をたてて走り去った。リースは家の方に向きなおり、生まれて初めて、ホイットの女たらしの才能が少しほしいと思った。それに、あのいい気な自惚れも少しばかり。

リースは玄関のドアを閉め、明かりを消しながら大きな家を歩いていき、寝室のある所に着いた。ボビーのむずかる声が聞こえ、なだめているリアの声がしているところをみると、入浴は終わったが、まだボビーをベッドに寝かしつけていないらしい。

「さあさあ、いい子ね」ボビーをあやすリアの声を聞いて、リースは部屋に一歩踏み入れた足を止めた。「坊やは、とってもとっても疲れてしまったのね。でも、この最後のホックをぱっちんさせてちょうだい。そうすれば〝おやすみ、坊や〟のお歌が歌えるでしょう?」

「やだやだ。すぐに〝おやちゅみ、坊や〟だよう」ボビーがご機嫌斜めでだだをこねている。リースの胸に小さな痛みが走った。ボビーが疲れすぎてぐずるのは初めてではない。それをリアはいつもやさしく根気よく、なだめてやるのだった。

小さな痛みが、思慕とも感じられるうずきに変わった。それは憧《あこが》れに近かった。ボビーに彼女がやっているように、あやされたりなだめられたりしたいという狂ったような切望は、ひどく子供じみているように思える。しかし彼の中にもきっと、自分にすら認めようとしない、慰められたいという欲求があったのだろう。

戸口から見ていると、リアがナイトシャツをボビーに着せ終え、ベッドから抱き上げようとしていた。ボビーは彼女につかまろうとして、代わりにバレッタから髪をひとふさ引き抜いてしまった。リアがとっさに手を上げてバレッタを外した。つややかな黒髪がほどけ、肩から背中に、そしてくびれた腰まで、波打って落ちた。

その優雅な落ち方と、スタンドの柔らかな明かりを受けた髪のつややかな輝きに、リースははっとした。髪を垂らしているリアを見るのは何年ぶりかだった。それに以前はこんなに長くはなかった。あるいは、ここ数カ月の間に、髪を垂らしているのを見たかもしれないが、大して印象に残らなかっただけかもしれない。

だが、いまは心がとらえられた。みだらな熱っぽさが体を走る。男としての関心が頭をもたげた確かなしるしだ。髪を垂らしているリアは、いつもほど慎《つつ》ましやかでもよそよそしくもなく、しっかりした母親というよりは、もっと……そう、女らしく見える。

戸口のリースにまだ気づかないまま、彼女はバレッタをドレッサーの方に放《ほう》り投げ、つかまれていた髪をそっと引き抜いた。ボビーと、彼のお気に入りの一つである縫いぐるみのポニーを抱き上げる。

ボビーは彼女の首にしがみつき、いまはもう必死という感じで泣いている。けれどリアは落ちついてロッキングチェアに行き、そこに座った。それから、むずかる子供に縫いぐるみを持たせようとして、初めてリースを見た。

だが、すぐに視線をボビーに戻した。ボビーは縫いぐるみをつかんで彼女の肩に顔をもたせかけ、親指を吸ったまま、縫いぐるみをなんとか脇《わき》に抱え込んだ。まだぐずり泣きはしていたが、リアがロッキングチェアを揺すりだすと、やがてその声も小さくなっていった。

リースは部屋を横切っていき、ロッキングチェアの脇にしゃがんで、子供の背中に手をかけた。するとボビーは振り向いてリースをじっと見、それからいっそう静かになった。

「今夜はこの子、少し熱っぽいの」リアが物静かに言う。声がやや震えている。彼と一緒にいて、いつもよりいっそう気詰まりを感じているらしい。「耳の伝染病がこの辺りではやっているらしくて、今夜、気分が悪そうだったり、明日の朝になってもよくなっていないようだったりしたら、お医者様に電話してみるわ」

ボビーの泣き声は、むしろ満足してきたことを示す、赤ん坊特有の喉を鳴らすような音にすぎなくなっていった。目を開けておこうとして、一、二度、重そうにまばたきした。ボビーがついに静かになり、まぶたが完全にふさがるまで、リアは椅子を揺すりつづけていた。

リースは手をボビーの小さな背中にすべらせ、リアの手に触れそうになるところで止めた。

「さっきは悪かった」声を低くして言う。「このところずっとひどい態度をとってきた。それを謝りたいんだ。きみに対して、あるいはきみのことで、どうしていいかわからないのは事実だ。だが、きみの気持ちを傷つけるつもりではなかったんだ。今夜も、たぶんきみの気持ちを傷つけたにちがいない。ほかのときも。僕は自分勝手で思いやりに欠けていた」

リアの青い瞳がリースに向けられた。本人は隠したつもりらしいが、そこには明らかに警戒心と驚きがあった。

謝罪としては堅苦しく、まるでリハーサルしたように聞こえたが、リアには本心から出たものだと感じられた。思いがけなさに、感動で胸が熱くなり、目がちくちくしてくる。喉まで詰まってきて、彼女はうろたえた。これが私にとってどれほど多くの意味を持っているか、この人に知られてはならない。けれど感謝しないのもぶしつけだ。何も悟られずに、それくらいはできるはずだ。

「そう言ってくださって嬉《うれ》しいわ。ありがとう」これで、この件はおしまいになるだろう。リアは視線をそらした。

しかしリースの大きな手に自分の手を温かくそっと包まれ、リアははっとして彼を見た。その小さな動揺にボビーが目覚め、抗議の声をたてて頭を少し上げたが、またそれを彼女の肩に落として、ぐったりとなった。

リースの目がふいに光った。思いがけなく触れられ、私が心ならずもはっとしてしまったので、驚いたのだろう。だが、それから彼の顔がひどく真剣みを帯びた。

たこのできた、ごつごつした手のひらの温かい感触に肌がうずく。リースに軽く触れられただけで、ホイットの腕の中にいるよりも強い胸のときめきを覚えてしまい、なぜかすべてがいっそう悲しみの色を帯びてくる。知らないほうがよかった。

「ちょっと触れただけで、びくつかせてしまうほど、僕は長い間、きみに手も触れないできたらしい」低い声のざらついた響きが、彼女の中に侵入してきたらしく、おなかの底にそれが感じられた。

小さな告白に、感情が高まってきて圧倒されそうになる。顔を合わせないようにして、彼女はほほえみを浮かべてみせようとした。「私、たぶん……疲れているんだわ」喉に引っかかったような声になってしまい、それをカバーしようと、急いで言葉をついだ。「ボビーを揺すってやってくださる?」

度を失って申し出をしたことに、リアはすぐに後ろめたさを覚えた。そんなことをすれば、寝ついたばかりの子供を起こしてしまいかねない。しかも、その動機が、リースの気をほかにそらしたいためだっただけに、なおさら気がとがめる。彼女の中で緊張が一気に高まった。

「一緒にいて、きみが逃げだしたいほど落ち着かないのは、僕のせいだ」

リアの顔がかっと熱くなった。何もかもびっくりするほど見透かされているのね。この数カ月のリース・ウエイバリーは、私についてはまったく鈍感だったのに。さらに困ったことに、低くぶっきらぼうな彼の声にはどこか甘さがあって、ベルベットのような感触の興奮が体を走り、彼女はそれを抑えなくてはならなかった。

彼女はリースを見られなかった。「いま言ったように、私、疲れているの。長い一日だったから」

緊張のあまり、全神経がいまは金切り声をあげていた。ボビーがそれを感じないのは不思議だったけれど、重くもたれかかっている感じからすると、ぐっすり寝入ってしまっているらしい。

「眠ってしまったのかしら?」リアはそっときいたが、追いつめられた気持ちが声に出てしまった。だが、自分でもそれはどうしようもない。意をきっぱりと決めて、リースが答える前に押さえられた手をようやく引き抜くことができた。彼が手を下ろしたので、安堵《あんど》のため息がもれそうになる。

はなれていくのを止めようと、また手を触れてくるかもしれない。いわれのない心配をしながら、リアはボビーをそっと抱きなおして立ち、ベッドに向かった。リースがついてきて、彼女がボビーを仰向けに用心深く寝かせるのを見守った。自分の髪が邪魔になるので、まずそれを払いのけ、それから彼女はぬいぐるみのポニーをボビーの横に入れた。

リースがベッドの横板を握ってくれている。彼女は軽い毛布をボビーの胸元に引き上げてやり、それから一歩下がった。リースが黙ったまま、横板を持ち上げて、かちっと留め金がはまる位置まで戻した。

立ち去ろうと振り向きかけたとき、リアは肘をつかまれた。がっしりした指は、そっと握っているだけなのに、鋼鉄のかたさが感じられる。リースは見上げるように背が高く、男らしくたくましい体つきをしている。それに比べて、彼女はずっと小柄で、華奢《きゃしゃ》で弱々しい。そのコントラストに彼女はいまほど強い衝撃を覚えたことはなかった。

リースほどの大きさがあれば、自分の望むことをなんでも私にさせられるだろう。けれど、やさしい握り方の中にある頑《かたく》なさにもかかわらず、彼の手をはなさせるのに必要なのは、こちらの言葉一つ、動き一つだということが、ずっと彼女にはわかっていた。その印象はひどく強烈だった。

さらになお強烈なのは、彼がそばにいて、その手に腕をつかまれているだけで、興奮が次々と渦巻きながら身内を螺旋《らせん》状に昇っていき、体が麻痺《まひ》していくような感覚だった。生まれてこの方、これほど鮮烈に感じたことのないほどの期待感が、きらめき、高まっていく。

これから何が起こるのかしら？　リースは何をするのだろう？

それとも、私が大げさに取りすぎているだけかしら？

# 5

「きみの髪はこんなに長かったんだね」リースがぶっきらぼうに言う。

リアは心臓をつかまれ、軽く握りしめられるような気がした。リースの方にもっとまっすぐに向きなおらされ、彼の空いているほうの手が上がってきた。

「ピンがいくつか外れかけているよ」いま彼の声は低くしわがれている。

大きな指で髪をそっと引っぱられて、リアは震えた。頭から始まって体全体に流れていく心地よい興奮に、膝から力が抜けていった。

やさしい探求の魔力に、自制心がいまにもくずおれそうになる。そうする気力が残っているうちに、彼の動きを止めなくてはならない。リアは急いで片手を上げてピンを捜した。

「ボ、ボビーのベッドを調べて、ほかのピンが落ちていないか捜してみてくださる？」リアは震える声で言った。なんとか顔をそむけ、つかまれていた肘も同時に引き抜く。「いつも決まった数のピンを使っているの。そうすればなくなったとき気がつくでしょう。ほら、ボビーが口に入れたりすると大変だから」彼女はくどくどと話しつづけた。

しかしリースに手を取られ、たちまち身じろぎ一つできなくなってしまった。

「では、残っているピンを数えよう」彼女をまた自分の方に向かせてリースが言う。「数を確認する前に、ベッドを探ってボビーの目を覚まさせるようなことになってもつまらないだろう?」

リースに軽く触れられ、髪を引っぱられ、ときどき指で髪の間をまさぐられる感触に、息が苦しくなってめまいが起こりそうになる。だれかに触れられて、たとえそれがリースであっても、自分がこんなふうになるなんて想像もしていなかった。

でも彼は私よりずっと経験があり、私よりずっといろいろなことを知っている。こんなことに——そしてリースに——私がこれほど無力なのは、私が触れたり触れられたり、愛したり愛されたりすることにあまりにも深く憧《あこが》れているせいもあるけれど、きっと経験不足のせいもあるのだわ。

「きれいな髪だね」リースの声はかすれていた。温かい彼の息吹が羽毛のように軽く頭の上でそよぐ。「こんなに柔らかいとは知らなかった」

リースの仕草に彼女はただ茫然《ぼうぜん》としてしまい、まるで催眠術にかかったかのように彼の胸元を見つめているうちに、ピンがシャツのポケットにしまわれた。その光景に思わず目を閉じてしまう。それから、大きな手に髪を軽く梳《くしけず》られたとき、リアは甘美な感覚の海に沈んでいくような気分に襲われた。

頭に軽く手がかかり、仰向かされた。倒れないように手を上げる力さえなく、まして彼の動きを止めることなどできなかった。ただ、自分が何かを言おうとしているらしいとだけはぼんやり感じていた。そして実際に言ったらしく、つぶやく声が聞こえた。

「お願い……やめて」

「どうやって、やめさせる？」

低い声はあまりにもかすかで、遠い部屋でささやかれたかのようだった。温かい彼の両手から体内に発散される魔力が、いちばん女らしい所までずっとおりてきて衝撃を与える。きかれたことにどう答えれば効果的かわからないし、答えたいかどうかさえわからない。

心持ち開いた唇にリースの引き締まった唇が軽く触れてきて、彼女ははっと息をのんだ。しばらくの間、物憂げにもてあそぶように触れていた彼の唇が、今度はもっとしっかりと合わさってきた。

気恥ずかしさのかすかな揺らめきを感じたが、重ねられた唇の求め方が激しくなるにつれて、その気持ちはたちまち消えた。いつの間にか彼女は、リースのたくましい手の甲を自分の手のひらで包んでいた。しかし、結局は手を上げることができたという事実さえほとんど意識していなかった。そして全身が打ち震えているのに、それでもまだ彼はかんだりじらしたりしながら、断続的に唇を求めてくる。

身内が熱く溶け、いまは激しい熱さで煮え立っている。男女の親密さというものに自分がどんなに無知だったかの証拠だった。そして、初めての経験に自分がどれほど無力に自制のたがを外してしまうかの証拠だった。

そのときリースがそっと唇をはなさなかったら、本当に気絶してしまっていたかもしれない。実際、彼のがっしりした手首に意気地なくしがみついていた。リースの両手が下がってきて腰をしっかりつかまれ、自然にリアは両手を彼のかたい胸に当てていた。シャツのぴんと張ったコットン地から伝わる体温に手のひらが焼けそうで、指の腹に、こちらの激しい鼓動と呼応する響きが伝わってくる。

辺りが徐々にはっきり見えるようになって、自分が彼にどんなに応《こた》えてしまったかに気づき、リアは恥ずかしくなった。〝膝ががくがくするようなキス〟というのを聞いたことがあるけれど、これまではまさかと思っていた。二十四歳にもなっているのにこれが初めての本当のキスだったので、きっとずいぶん野暮ったく応えてしまったにちがいない。そのことでいっそう、彼女はばつの悪さを感じた。

最悪なのは――顔を上げて彼を見なくてもわかるけれど――自分の未熟さを彼に見抜かれてしまったにちがいないということと、私を操る手はこれだと気づかれてしまったということだった。

もしその手を私に不利に使おうと彼が決めたら――。

「ねえ、お願い。こんなことはやめて……」

自分がしゃべっているのを聞いて彼女は驚いた。話す前に慎重に考える力をなぜか失ってしまったらしく、彼女の心配はいっそう増した。でも一方、もうすでに自分の反応がリースに、彼が知る必要のあることは全部伝えてしまったかもしれないのだ。ほとんど全部を。

「ルームメイトみたいな僕たちの暮らしはもうおしまいだ」有無を言わせぬ口調だった。「今夜がスタートで、明日は僕たちのものを一緒にする」

ぶっきらぼうな命令口調にはっとし、リアは官能の靄《もや》からさらに引きずりだされた。彼女がとっさに反対しようとするのを察知したかのように、リースは先を続けた。

「すぐに深い関係を結ぶ気には僕もまだなっていない。だが、結婚生活はそれなりにちゃんとやっていかなくてはならないし、夫婦というのはベッドを共にするものだから」

リアはリースの胸を押した。彼はすぐに手を緩め、リアが体をはなすのを許した。しかし、リアが後ずさろうとするとまた手を軽く取り、自分の顔を見上げるように促し、彼女がそうするとすぐに握っていた手をはなした。

「この結婚についてはきみの言ったとおりだ」きっぱりと言う。「あの時期にすべきではなかった。その結果にいま直面している。だが、離婚にもそれなりの結果が生ずる。僕たちよりもボビーにとってもっと悪い結果が」

そう言われて、抵抗する気持ちが弱まるのをリアは感じ、眠っている子供に無意識のうちに視線を走らせていた。それから、リースの低い声に関心を引き戻された。

「僕はあわててまた別の間違いを犯したくないんだ。だから、この結婚をもう少し頑張ってみるつもりだ。本気でね」

それとなく彼女が目をそらしかけたとき、リースがさらに続けた。

「きみもこれからは前ほどはよそよそしくしないだろうし」

女心を見抜いたように黒い瞳が光る。どう答えていいかリアはわからなかった。ましや彼の言葉をどう否定すればそれを信じてもらえるかも。

リースの熱烈な関心を一心に浴びたらどんな感じかを知りたい。そんな思いをどんなに押しつぶそうとしても、心のどこかで彼女はそう願っていた。実際にお互い打ち解けてしまったら、それがどんなに危険で、失敗を運命づけられているものかを常識はささやくけれど、いまあんなことが起こったあとだけに、リースの命令に近い言葉には、当然と思われる異議を差し挟めない。実際、大した異議など呼び起こせそうもないように思えてくる。

これは避けられないことなのかもしれない。リースは、私が彼の望みどおりにこの結婚を救うよう努力するまで、決して引き下がらないだろう。それに本当に真剣に頑張ってみるべきかもしれない。やるだけやって、うまくいかなかったときには、さっきのキスでかき立てられたばかげた希望も、私の心からとうの昔に叩《たた》きだされてしまっているだろう。

いずれはこの結婚は失敗し、そのことを、死が訪れる最期の日まで私は引きずっていくだろうけれど、ボビーに両親の離婚という憂き目を見させないために、もっと何かができたのではないかという悔いだけはせめて残さないですむだろう。

リアは絡ませていた視線を外し、リースに背を向けたが、彼の期待感がひしひしと迫ってきて、部屋を出ていくことはできなかった。

「リア？」

鬱積《うっせき》したような声が、彼女の心の中の何かに引っかかり、胸がほんの少し張り裂けそうになった。私と一緒では幸せになれないと彼が決めたとき、私は打ちのめされるだろう。けれど、ボビーへの強い責任も感じていた。

「リア、明日のことだが、きみのものを動かすのを僕も手伝うよ。それともきみがそれをしている間、僕がボビーを見ていてもいいし」

彼女はリースに背を向けていたので、手を上げ、まだうずいているような唇を指で押さえることができた。さっきの長い、甘美なまでに長いキスを、いまも感じることができる。頭の中ですべての異議を再検討してみる。それから目をしっかり閉じて、前途に横たわっているものを受け入れた。両手を下ろし、それから背筋を心持ちのばした。

「その前にまずあなたにしていただきたいことがあるの」リアは静かに言って振り向き、彼と向き合った。次の言葉を口に出すのにはとてつもない勇気が必要だったが、ふいに、どうしても言ってしまわなくてはならなくなったのだ。人生最大の、心を打ちのめす悲しみになるにちがいないことを、この人は私に求めている。彼がそこまで言い張るのなら、同意する代わりにこちらにもしてほしいことがある。

「あなたがいま寝ているベッドを、客室のベッドと取り替えてほしいの。私の部屋のベッドとでもいいわ」

リースの黒い瞳に驚きが走るのを見て、彼女は口ごもり、それから先を続けた。

「あなたとあのベッドをなぜ共にしたくないか、説明はしたくないわ。でも、いやなの。ほかの模様替えも、もししてくだされば、ありがたいけど」

とりわけ、彼の部屋とかクロゼットにまだ残っているレイチェルのもの――ドレッサーの上のレイチェルの宝石箱など――を彼女は指していた。まだほかに、たんすにもレイチェルのものが残っているかもしれない。ほとんどはリースが何カ月も前に、箱に詰めて倉庫にしまうか処分するかしてしまったはずだけれど。

私たち二人のどちらも、毎日のようにレイチェルのことを思いだす必要は――あの寝室では――ないと思う。それに、レイチェルが使っていたたんすに私のものを移すとき、取り除かなければならないものに出くわしたくもない。リースが自分で取り除いたほうが、どちらにとってもいいだろう。

それにレイチェルのものを取り除く最後の儀式をリースにやってもらうのは、分別というものかもしれない。そうすれば、心から愛する女性を、決して愛せないかもしれない女と取り替えようとしているのだと、まざまざと思い知らされ、彼が自分の決心を変えるラストチャンスになるかもしれない。レイチェルを私は愛しているし、この結婚が続く限り、自分はレイチェルの影の中に生きるしかないとわかってはいる。でも、せめてリースとの間に自分の小さな居場所を作れるチャンスができるだけ多くあるかのように感じていたい。実際にそうできるかどうかについてはどんなに悲観的であっても。

私はレイチェルの夫と結婚し、レイチェルの息子を育てている。リースに対して私が何をしようと、どんな存在になろうと、レイチェルをしのげはしないけれど、〝私のもの〟と呼べる何かがせめてほしい。たとえそれがベッド一つであっても。それに、リースがレイチェルと分かち合ったベッドは、二人のいちばん親密だった場所だけに、とてもそこで寝る気にはなれない。

彼女が何を言っているか真意がくみ取れてきたらしく、リースがゆっくり顔を引きしめた。

「わかった。なんとかするよ」

そっけない返事。それがどんなにしぶしぶ答えているように聞こえているか、本人は気づいているのかしら？　ぞっとするほどやりたくない何かをやると言わされているかのようだ。

「そう、それなら」一瞬の後に彼女はこわばった口調で言った。「もう寝なくては」

「ピンはいくつあったんだ？」

「八本よ。いくつ見つかった？」

「八本」

リースはシャツのポケットに手を入れて取りだした。リアは近づいていって手を差しだした。その手のひらにピンを載せたとき、リースは指先で彼女の肌にすっと触れた。一時間も前ならなかったことかもしれない。彼女はピンを握りしめた。

「ありがとう。おやすみなさい」目を完全には合わせられずにそっとつぶやく。

「おやすみ」

彼女は相手に背を向けて、さっき放《ほう》ったバレッタをボビーのドレッサーに取りに行き、できるだけ落ちついた足取りで、あとひと晩だけの避難所である部屋に入っていった。ドアを閉め、それにぐったりともたれることができたときは、言葉に表せないほどほっとした。

またキスをされるかと恐れていたけれど、ベッドやレイチェルの品物のことで、彼がこちらに気を悪くしているのは感じていたので、本当は心配しなくてもよかったのだ。

今夜の思わぬ展開に、ショックがまた体を流れ、疲労の大きな波が後に続いた。ようやく力を振り絞って体を起こし、自分専用のバスルームに入っていくと、無理やり服を脱いでシャワーを浴びた。

寝る支度ができ、ボビーの寝室との間のドアを少し開けに行くころには、リアはくたびれきって何をする気力もなく、ただベッドに潜り込み、たちまち眠りに落ちていった。

翌朝早く、リースは、サンアントニオに寝室の新しい家具を買いに行こうと言いだした。不必要な浪費だとリアは反対したが、彼は聞き入れなかった。

「僕が選ぶのを手伝ってくれるか、僕の選んだもので我慢するかだ」リースに言われ、リアは昨夜の自分の要求がこういう結果になってしまったことに少しうんざりした。

「お願い、リース。私、こんなことはしたくないわ。こうやって、私に昨夜の要求を引っ込めさせようというのなら、いいわ、引っ込めます。何もかも置き換えるなんて信じられないほどの浪費だわ。いまの家具に匹敵するほどのものを買わなくてもいいの。それにこの家には、ほかに四つもベッドがあるんですもの。これはまったくばかげた、お金の無駄遣いよ」

「ウエイバリーの金だ」そっけなく言う。「ウエイバリー家にも新しいものが入っていい時期だよ。客用寝室のうち、どれかひと部屋のセットは寄付して、そのあとに僕の古いやつを移せばいい。どれを寄付するかはきみが選んでくれれば、この教区のどこかの家族に役立つかもしれない。どれも質はいいものばかりだから」

すてきな提案に、おかげで彼女の抗議の矛先も少し鈍った。その恩恵を喜びそうな一軒の家族がすぐに頭に浮かんできたのだ。

「ずいぶん気前のいい思いつきで……」リアは言いはじめたが、その賛辞をリースはにべもなく無視し、それ以上先を続けさせずに口を挟んだ。

「家具を運びだしに、男たちが三十分後にはやってくるから」

彼らが来る前にしておかなくてはならないことにリアはすぐに頭をめぐらし、急いで朝食をすませた。それからボビーをリースに預け、大急ぎで主寝室に行ってベッドを裸にし、ドレッサーや整理だんすの上のものや電気スタンドを客用寝室の一つに移しはじめた。

レイチェルの宝石箱がなくなっているところを見ると、昨夜か今朝、朝食に姿を現す前に、リースがレイチェルのものはすべて片づけたらしい。リアは彼の素早い行動に感動した。とりわけ、それが彼にとって辛《つら》いことだったとわかっていただけに。

準備が終わるか終わらないかのうちに牧場で働く男たちがやってきた。すべてが持ちだされ、三つの客用寝室に振り分けられる間、彼女はボビーの面倒を見ていた。整理たんすの中の衣類は、代わりの家具が配達されるまで、そのままにしておけばいい。あとは、空っぽになった主寝室に掃除機をかけるだけだ。むきだしになったカーペットの部分が増えたし、隅々まで掃除機を丹念にかけたので、いつもより時間がかかった。

代わりの家具を見つけて、そのすべてを今日中に届けてもらうのは無理ではないかと、リアは思っていたが、リースは大丈夫だと自信がありそうだった。それでも二人は、家具店の開店早々に着けるように、ボビーの支度を整え、サンアントニオへ出発した。

リースが買うと主張する、上質のがっしりした木製家具の値段にリアは仰天した。二人で見ていた整理たんすの在庫があるかどうかを調べに、女性店員が声の聞こえない方へと行ってしまったとき、リースにそう言った。リースは今朝初めて彼女の腰に腕をまわして、身をかがめてきた。

「家の中の全部の家具を入れ替えても、ウエイバリー家の資産にはかすり傷もつきはしないよ」彼のいかつい顔がいっそう厳しくなる。「だからきみが、そのほうが安いからと考えて何かを選んだとしたら、僕はこの店の中のいちばん高価なセットを選ぶ。そしてきみはそれで辛抱させられる羽目になるよ」

彼の小さな脅しにリアは内心当惑した。「あなたがこんなことをするとわかっていたら、私はあんな申し出を……」

「きみが言いださなくても、僕のほうから言いだしただろう。初めからそうしていれば、郡庁舎に行く前にここに来ていたはずだ」

女性店員が相好を崩して、せかせかと戻ってきた。彼女は、ベビーカーが止まったままなのでいらだってきているボビーにおどけたことを言ってみせ、それから、お求めの整理たんすはお取り寄せできますが、と言った。その日のうちに家具の必要な二人は、別の家具へと向かった。

リアは、実際に選ぶのはリースに任せ、口出ししないことにした。リースは彼女が密《ひそ》かに感嘆していた、すてきな感じの四柱式ベッドと、それにマッチした付属品を選び、彼女がボビーに飲み水を取ってきてやり、おしめを代えている間に、代金を払い、配達してもらう手配をした。

その日のうちに家具を配達してもらえるように手配できるかどうかリアは半信半疑だったが、リースはそれを見事にやってのけた。主寝室の窓のカーテンなどは、リアの好きな淡い色のものだったのでそのまま使うことになり、あとはベッドカバーと寝具類を選ぶだけだった。そのベッドカバーや寝具類、それと、リアが選んだたんすの敷き紙は、持って帰ることになった。ボビーもそろそろ疲れておなかが空《す》き、クラッカーではもうごまかせなくなっていた。

町を出る前にみんなで食事をし、それから二人はボビーを車のシートに乗せ、家までの長いドライブに向かった。二人の間には快適な気安さが生まれていた。リースはときどき彼女に触れ、二人の間の高まってきた連帯感を維持した。長い沈黙が続いても、リアにはさほど空虚には感じられなくなり、黙っているのがしだいに心地よくなってきた。

二人は家具のトラックが到着するより一時間も前に帰りつき、リアは新しい寝具類をその間に洗うことができた。家具が家に運び込まれる間、彼女はボビーが邪魔にならないようにしていた。家具の置き場所をリースは彼女に指図させた。大きなベッドが組み立てられ、マットレスやボックススプリングがセットされるのを、彼女はボビーに見せてやった。

配達員が仕事をし終えると、リアはボビーをリースに預け、乾燥機に入れた新しい寝具類を取りに行った。戻ってみると、ボビーは大きなベッドの下を這《は》いまわっていた。驚いたことに、リースはベッドの襞《ひだ》飾りやマットレスカバーをつけるのも、シーツをかけるのも手伝ってくれた。それればかりでなく、トップシーツの裾《すそ》も、彼の側の分は彼女のきびきびした折り方を見事に真似《まね》てベッドの足元にたくし込んでくれた。

枕《まくら》にも新しいカバーがかぶせられ、装飾用のベッドカバーもかけられた。ボビーはベッドの下で嬉《うれ》しそうに笑い、襞飾りの下から顔を出してリアの関心を引こうとした。彼女がかがみ込んで答えると、くすくす笑いながら、いないいないばあのゲームを嬉々《きき》としてするのだった。

家族や共同作業の持つ温かみは、たいていの人には見のがされたかもしれないが、リアにとっては、こういう単純な瞬間がとても貴重だった。彼女の中の何かが和みだし、満ち足りた温《ぬく》もりを感じはじめる。こんなことが永遠に続くような気がふとしたけれど、それは確認するかしないうちにもう消えていた。

リアは体を起こし、大きなベッドの向こう側に立つリースに思わず視線を走らせていた。黒い瞳はきまじめで、いかつい顔も、それ以上の何も語っていない。しばらくこちらを見つめていたらしい。彼女がしゃがんで、いないいないばあをしている間も。見つめられるような何を私はしたかしら？　それとも、今日二人でしたことの意味がいまになってはっきりわかりだし、やりすぎたように思えて、後悔しはじめているのかしら？

こういう疑問にいつまでも私は苦しめられることだろう。今日という日があまりにも楽しかったから、将来について私は少し楽天的になっていたのだ。本当に期待以上だった。けれど、今日一日のことをオーバーに取りすぎているとしても、もう少しこの感覚を失いたくなかった。

「なんだか……考え込んでいらっしゃるようね」彼女はそう言い、かすかな笑みを相手に向けた。「ウエイバリーの資産にどれほど大きな穴があいたか、いま気がついたの？」

何かがリースの黒い瞳に走った。やや違った視角から彼女を眺めようとするかのように、彼はほんのわずか顔をそらしかげんにした。

「きみはきれいだ、と考えていたんだ。いままでなぜそれがはっきり見えなかったんだろうとね」

彼が言葉を切った。そのほうがよかった。いま言われたことにあまりにも動転し、どう息をすればいいか、彼女はそれを思いださなくてはならなかった。

「昨夜のきみの髪の場合と同じように」ほとんど上の空でリースが言う。「いままで僕は何カ月もきみを見ていた。何年かもしれない。だが、いったいだれを見ていたのだろう？　僕にはわからないが、それはきみではなかった」

リアは彼と目を合わせていられなかった。いまの驚くような言葉をどう取ればいいのかわからない。ましてどう答えればいいのかは。いつもの身を切られるような羞恥心《しゅうち》が忍びよってくる。

きれいということほど自分から遠いものはない。なのに、この人はなぜそういうことを言うのかしら？　彼は冷酷な人ではない。だから皮肉な意味で言ったのでないのはわかっている。

結婚相手として私がふさわしい容姿をしていると、自分に納得させようとしているのかしら？　レイチェルはまれに見るほどの美人だった。私がそうでないのは紛れもない事実だ。

「ここの照明をもっと明るくする必要があるみたいね」冗談でごまかしてしまおうとしてから、リアは急いで言葉をついだ。「あなたの衣類を移せるように、引き出しの敷き紙をカットしなくては。私のものは夕食後に移せばいいから」

彼女は一瞬口ごもった。リースに言われたことにまだ動転している。そしてそれ以上に、いまは相手の沈黙にいらだっている。

「いまでもまだそうしてほしいとあなたが本当に思っているならだけど、気持ちを変えるならこれが最後のチャンスよ」

ちょうどそのときボビーがベッドの下のリースの側から這いだしてきた。

「パパ、高い高い」

リースはそれを無視して、まだ彼女を見つめている。リアはまた息苦しくなった。私の申し出にこの人はどう答えるかしら？

「パパ、高い高い。プリーズ！」

愛らしく甲高い声が、ほかのことに気を取られていたリースの耳にようやく届いたらしく、彼は息子を抱き上げた。

「高い高い、だって？」黒い瞳にユーモアと愛情をきらめかせ、リースは息子をくすぐっている。「よし、高い高いをしてやるぞ」

そう言うなり、彼はボビーを大きなマットレスの真ん中に向かってわざと空中高く投げ、落ちてくる直前にとらえて、軽いバウンドで着陸させてやった。

それから大きな両拳《こぶし》をマットレスに押しつけ、あと何回かバウンドさせた。ボビーは喜んできゃっきゃっと笑っている。リアはほほえまずにはいられなかったが、リースがまだなんとも答えてくれていないのが気になった。そして返事が長引けば長引くほど、私にとって好ましくないことを言わなければならないからだ、と信じはじめていた。

リースは息子をバウンドさせるのをやめて、まだ笑っているところを抱き上げ、床にさっと下ろした。

ボビーはすぐに抗議した。「パパ、高い高い！」

「高い高いは、今度はママだ」

ボビーが待ち望んだように彼女の方に笑顔を向けた。

リースが片膝をマットレスについて、片手をのばしてきた。

「さあ、ママ。このマットレスが値段ほどのことがあるかどうか見てみよう」彼の瞳に残っていたユーモアと愛情のきらめきに、いまは挑発の輝きが加わった。

リアは手を差しだし、それから思いなおして引っ込めようとした。しかし、彼にその手をつかまれて胸に抱き寄せられた。たちまち二人はベッドに倒れ込み、彼が上になって身を乗りだしてきた。そして、怒ったようにぶっきらぼうにつぶやいた。

「どんなことがあっても、僕は気を変えないよ、リア」

彼の顔が下がってきて、唇がしっかりと合わさった。たちまちキスが深まり、小さな侵入のショックに彼女はあえいだ。

リアは確かに経験に乏しかったけれど、リースはこのキスに、きみは僕のものだと主張させているようで、彼女は思わず彼の体に腕をまわしていた。合わさった唇から与えられる肉感的な交わりの感覚は、彼女の想像もつかないほどのものだった。しかし彼は一方的な攻撃にならないように、キスの激しさを少し緩めた。

大きな手が、まるでそれ自身意志を持っているかのように彼女の体をまさぐりはじめる。新しい驚きで彼女は震え、触れられた所から感動が広がってきた。感覚の狂ったような混乱に溺《おぼ》れそうになりながらも、彼女はふいにそれが十分に得られないかのように、もっともっとと望んでいた。

どこか遠くでボビーの声がしたようだった。けれど、リースがしぶしぶ唇をはなし、その手が体からはなれて初めて、ボビーが一人でなんとかベッドに這い上がり、父親の背中に乗ろうとしているのに気づいた。

ふいにキスをやめられるのは、びっくりするほど辛かった。まだ体の震えが止められずに彼女は横たわっていたが、リースの大きな体も震えているのにようやく気づいた。目は息子のいたずらをおもしろがってきらきらしていたけれど、いかつい顔には欲求不満のざらついた色が表れていた。

彼はボビーを叱《しか》りもせずに、身じろぎして彼女から体を少しはなし、背中に手をのばして、ボビーを前に引き寄せ、二人の間に入れた。

ボビーは喜んだ。「パパ、高い高い」

リースはおもしろそうに笑った。声に少し緊張した響きがあったけれど。「バウンド、だろう？　だが、小さい子の一日分のバウンドはもうおしまいみたいだよ」

「バウン、パパ、バウン」

リアはかすかにほほえみは浮かべたものの、まだ頭がくらくらし、世界が回転をやめるのを待たなくてはならなかった。ボビーはリースのシャツをつかんで起き上がり、二人の間で座る姿勢になった。

「あなた、厄介なことを始めたみたいね」彼女はリースに言った。

「ボビーのこと、それともきみのこと？」

中で火がくすぶっているような黒い瞳を彼女はのぞき込んだ。「ボビーのことよ。でも、そうね、私にとっても思いがけないことだったわ」

「僕もだ。だが、いい感じだったよ」

ボビーが父親の関心をまた求めた。リアはその隙《すき》に寝返りを打ってベッドの端に体をずらし、そこにしばらく腰をかけて気力が戻るのを待った。それから彼女は立ち上がった。リースはその間に仰向けになり、ボビーを高く差し上げていた。飛行機と呼んでいる遊びで、ボビーはすっかり興奮していた。

「しばらくボビーの相手をしていてくださる？　その間に私、引き出しに敷き紙を敷いてしまいますから」

「どうぞ」リースは息子を抱いて寝返りを打ち、ベッドから下りた。「僕は、どうすればこの子を静められるかやってみるよ」

鋏《はさみ》を探しに寝室を出ようとしていたとき、リアは玄関のチャイムのかすかな音を耳にした。

「僕が出るよ」リースがそう言って、金切り声をあげているボビーをまるでフットボールのように小脇《こわき》に抱え、彼女に続いて廊下に出てきた。二人が横を通りすぎていったあと、彼女はリネン用クロゼットを開けて鋏を見つけ、寝室に戻った。

巻いた敷き紙を広げたとたん、彼女を呼ぶリースの声が聞こえた。ドレッサーの鏡で髪をチェックし、さっきすぐにそれを思いつかなかったことに彼女は驚いた。

本当にすぐにそうすべきだった。バレッタが斜めになり、髪はいまにもほどけそうになっている。結局、自分の部屋に向かってボビーの部屋を駆け抜けていくことになった。あわてて髪をとかし、大急ぎでまた結い上げる。

自分の部屋のバスルームの、いっそう明るい光で見ると、顔が上気し、唇が口移しの人工呼吸を与えられた人のように腫《は》れていた。実際、それほど激しいキスだった。その瞬間を楽しみはしたけれど、いま来客に会わなければならないのは、少なからず気が重かった。

彼女は明かりを消し、自分の寝室を通って廊下に出た。

# 6

廊下の端にある居間に近づいたとき、マーゴ・アディソンの声が聞こえてきた。マーゴはレイチェルの母親だが、髪や目の色を除いて、この母娘は驚くほど似たところがなかった。

「男の子は得てしてそういうものなんですよ、リース。この子が彼女の内気な性格の影響を受けるのはよくないでしょう?」

リアは足を止めた。マーゴの言う〝彼女〟がだれを指すのかはわかっていた。リアはレイチェルとは高校二年のときからいちばんの親友同士だったけれど、マーゴはその友情に執拗《しつよう》に反対した。あでやかなこの俗物は、美しくて人気のある我が娘《こ》が、野暮ったくてなんの取り柄もなく、おまけに貧乏な白人階級出で〝里子〟という評判までついた女の子と友だちになったと知って、愕然《がくぜん》としたのだった。

レイチェルはもちろん、母親に公然と楯突《たてつ》いて二人の友情を続け、パーティーに彼女を招待したり、学校関係の課外行事や、ほかの友だちとのつき合いに、自分の車で誘いだしに来てくれたりした。リアのほうが学業成績がよかったので、二人は勉強さえも一緒にした。授業中あまり身を入れて聞いていないレイチェルのために、リアは喜んで個人教授を引き受けた。それが、レイチェルの友情に報いる一つの道でもあったから。

レイチェルは初め、俗物の母親が癇癪《かんしゃく》を起こすとわかっていて、わざと友だちになろうとしたのだろうと、リアは何度か疑った。しかし、すぐにレイチェルは、彼女の誠実な本当の友だちになったのだった。

リースの低い声がして、リアの関心の焦点は居間での会話に引き戻された。「彼女はボビーのことでは立派にやってくれてますよ。この子が内気に見えるのはあなたになれていないからでしょう」

それに答えるマーゴの、南部美人特有の声音は、歯が浮くほど甘ったるかった。

「あら、もちろん彼女は、坊やのことではよくやってくれていますわ」

リアは顔をしかめた。マーゴがおざなりの譲歩をしてみせながらも、いずれにしろ自分の主張を通すのはもう何年も前からわかっていた。

「ただ、子供というのは、とんでもない点が似てくるものなんですよ。養育係《ナニー》を雇うことは考えなおしてごらんになりました？　男の子には直接の経験というものがとても役に立つんですよ。幸い、とてもいい候補者が二人ばかりいると聞きましたの。二人とも、幅広い教育と偏らない躾《しつけ》を受けて育った娘ですから、ロビーに教育の面でも教養の面でもいい経験をさせてくれますでしょう。そうでなければ、坊やはそういうものが受けられないかもしれませんでしょう」

リースの声がいっそう低くなった。「僕の息子は両親が経験させてやりたいと思うことはすべて経験していますから」その声に、警告のかすかな響きを聞き取り、リアは緊張が少しほぐれるのを感じた。

結婚当初から、リアはマーゴにしばしばいやみを言われ、それに耐えてきた。だが、本人のいない所でマーゴがリースに何か言ったとしても、それを立ち聞きしたことはなかった。マーゴが彼女のことを、それでなければ染み一つない自分の人生の汚点と考えているので、陰口は当然叩《たた》かれていると覚悟はしていた。

本人がその場にいなくて知りようのないときでも、リースは私のことを弁護してくれているのだ。その証拠をいま得て、リアは感動した。レイチェルの両親に対してリースがどう考えているか知っていたので、マーゴにこっそりささやかれるかもしれないことで、彼が私に反感を持つようになるとは、それほど心配はしていなかった。実際、彼らに対してリースは、はっきりした意見を持っていた。だからこそ、自分の息子がマーゴに育てられたり、息子の牧場相続権が冒されたりするのを阻止するために、なんでもする気になっているくらいだった。彼女と結婚した主な理由もそれだった。

「あら、あなた、それはそうでしょうけど」マーゴが食い下がる。「ただ、ひょっとして、あなたと……それにリアが……ナニーについて意見を変えた場合にと思って、それを申し上げておこうとしたまでです。わたくし、ロビーが成長するのをずっと見守っていくつもりですのよ」

〝ロビー〟マーゴはいつもしつこくボビーのことをそう呼び、そのたびにリアは歯の浮くような思いをするのだった。マーゴは、ボビーが生まれる前から、ロバートという名前には不賛成なばかりでなく、ボビーという愛称も平凡すぎて嫌いだとレイチェルに言っていた。ボビーをロビーと呼ぶほうが、マーゴの感性を満足させるらしかった。

相手から見えない廊下にたたずんでいることに気がとがめて、リアは二、三歩そっと後ずさってから、今度は足音が聞こえるように進んでいった。そして覚悟を決め、廊下から大きな居間に足を踏み入れた。一日中彼女の顔を見なかったかのように、ボビーが父親の膝からあわててすべり下り、転びそうになりながら近寄ってきた。

リアは思わずかがんで男の子を抱き上げ、リースに戻しに行った。

「いらっしゃい」リアは、マーゴと、マーゴと同じようにエリート意識の強い彼女の夫ネビルに、にこやかな作り笑いを向けた。ふつうネビルは話をマーゴに任せているが、それは彼女が二人の意見を代弁しているからだった。「何か冷たいお飲み物でもお持ちしましょうか？　アイスティーかソフトドリンクを」

マーゴが緑色の目で、あら探しでもするように、リアをじろじろ眺めた。コットンのシヤツブラウスやジーンズは、またしても、下層階級出身の証《あかし》と映っているのだろう。マーゴのほうは、見事に染めた赤毛を自然な形にセットし、高級ブランドの白のドレスは、サマーファッションの極致をいくものだった。

「わたくし、もう少し強いお飲み物をいただきたいですわ……あなた」わざと最後の言葉の前に間を持たせる。

リアはリースの方を見た。「お願いできます？」彼女は自分ではだれにもアルコール類は出さないことにしているのだ。家族も子供時代もアルコールで破壊されたせいで、アルコールへの彼女の偏見は強く、いっさいの関《かか》わりを持たないようにしているほどだった。リースが家の中にリカー類を置いていて、ときどき飲んでいるのは知っていた。でも彼女は、キャビネットやボトルの埃《ほこり》を払い、グラス類をきれいにしておくだけだった。マーゴはリアの偏見もそのわけも知っているからこそ、いまのような注文をするのだった。しかも、夫と一緒に立ち寄るたびに、いつもわざわざ求めるのだ。それについてリースと話し合ったことがないので、彼が事の真相に気づいているかどうかリアにはわからなかった。

しかしそれも、マーゴに視線を向ける前の黒い瞳に、理解の色がきらっと光るのが見えるまでだった。

「何がいいですか、お義母《かあ》さん？　それにお義父《とう》さんは？」リースは立ち上がり、無意識にボビーをリアに渡していた。

「ウオツカをお願いしますわ。あなたは何がおよろしい、ネビル？」マーゴは夫に尋ね、ネビルが答える暇のないうちに、リースに向きなおった。「主人も同じものを」

リースが書斎に向かうと、リアはボビーを抱いたまま安楽椅子の一つに行き、そこに腰をかけた。しかし、男の子をそのまま膝に抱いておかずに、床に下ろしてやった。

「積み木を取ってきたら？　おじいちゃまとおばあちゃまは、坊やが積み木で何かを作るのをご覧になりたいかもよ」

ボビーは指を一本口にくわえて考えていた。リアは、近くにある電気スタンドの載ったテーブルを指さした。その下のバスケットには、半分くらいまでアルファベットの積み木が入っている。ボビーはそちらを見てから内気な視線をマーゴとネビルに向けた。

「さあ、早く」

リアに促され、ボビーは途中までそちらに行きかけたものの、振り向くや、とことこ戻ってきて彼女の膝に乗った。

「坊やは、いくつでした？　一歳と三カ月？」

リースがいないので、マーゴの声はさっきの甘ったるさを欠いていた。何かが起きると、リアにはわかった。

リアはマーゴを見てほほえんだけれど、その微笑は自分でもうそっぽく感じられた。

だった。

「ええ。先週なりました」

「定期検診には連れていきましたか？」

「来週に予約しています」リアは厳しい小審問会に身構えた。マーゴは自分の孫をリアが養子にしたことに腹を立て、事あるごとにリアの母親としての適性を問いただしてくるの

沈黙が続いた。向かいの椅子にかけて、いまは黙り込み、こちらを非難しているような夫妻から、リアは視線をそらした。マーゴがふいに口をつぐんでしまったのはなぜかしら？　リースが戻ってくるのを待って、何かを言うつもりなのかしら？

廊下に足音がして、リースが飲み物を持って入ってきたとき、リアはほっとした。

マーゴは飲み物を受け取ると、オーバーに礼を言い、リースがネビルに飲み物を渡すのを待って、先を続けた。

「そろそろ、麻疹《はしか》とお多福風邪と風疹《ふうしん》の予防注射の時期だと思うんですけど、どなたかがあなたにそれを教えてくださったでしょうね？」

リースが腰を下ろす間、リアは微笑をしっかり顔に貼《は》りつかせていた。「本で読んで……」

「その三種の予防注射を別々にするほうがいいのではないかと、お医者様に相談してみました？　わたくしの主治医のお話では、三種を同時にするいつものやり方には問題がある

らしいんですのよ」

「いまも申し上げましたように、三種混合接種のことは、本で読みました」リアは穏やかに答えた。「それ以外のやり方も、こちらのお医者様とご相談しました」

マーゴの眉が上がった。「それはいつのことですの?」

「ボビーのこの前の定期検診のときですけれど」

「では次の予約のとき、わたくし、ご一緒してもよろしいわよ」マーゴがそっけない口調で言う。「まだお若くて新しいそのお医者様が、私の孫の医療面をお任せしたいような方かどうか、自分の目で確かめてみたいですし」

リアは如才ない顔をなんとか保っていた。マーゴがそんなことをするのは、ボビーのためというよりは、リアを困らせたり当惑させたりするためだろう。しかし、リースの前では二人ともそんなことはおくびにも出すつもりはなかった。

リースが助け船を出した。「リアも僕も、その医者の技術にも、ボビーへのケアにも、満足しています。お義母さんが心配なさることは何もありませんから」

リースの言葉はきっぱりとマーゴに〝余計なお節介だ〟と釘《くぎ》をさしていた。彼は話題を変えた。

「僕たち、早めの夕食にすぐにでも町へ出かける予定なんです。別にしゃれた所ではなくて、ラッソでハンバーガーとビールでもと思っているんですが、もしよろしかったら、お二人ともご一緒にどうぞ」

そんな予定は聞いていなかったけれど、リアはリースの言葉にほっとし、笑いを誘われそうにもなった。これまでも、彼女が食卓に夕食を並べようとしているときなどに、マーゴとネビルがやってくることがあった。そんなとき、食事に招待しないのも失礼なので、リアは大あわてでベジタリアン向き料理を即席で考えださなくてはならなかったのだ。

もちろん、マーゴもネビルも、料理をただつつきまわすだけで、その間リアはいらだちを隠していなければならなかった。

そういうときマーゴはいつもそれとなく当てこすったり、何かにちょっと反対したりしてみせるのがとてもうまかった。リアは気詰まりで、不愉快な思いをさせられるのだった。話題がなんであれ、マーゴは決まってリアに意見を強要し、その後すぐに反対の立場を取るのだった。ボビーのことにも大騒ぎするが、それは彼女からボビーを世話する権利を奪うためか、おためごかしの助言を与えるかするためだった。

そういう子供じみたやり方にリアはもうずいぶん前からうんざりしていたけれど、波風を立てないように我慢してきたのだ。マーゴもネビルも、娘を失って、そのことに打ちのめされているのはわかっていたからだ。ただ、二人とも冷たい人間なので、娘を亡くした悲しみを、リアを憎むことに向けたほうが簡単だったのだろう。

心のどこかでリアはずっと願っていた。マーゴのそれとない当てこすりのいくつかに、リースもいつか気づいて、私と同じほど憤慨してくれたらと。とうとうそのときがやってきたらしい。

ラッソというのは家族経営の小さなレストランだ。マーゴもネビルもそんな店にいる所をぜったいに人に見られたくはないだろう。だから二人とも誘いに乗るはずはなかった。昨日までリアはリースに外での食事に誘われたことがなかったので、今日のこの申し出はまた嬉《うれ》しい驚きでもあった。

マーゴはショックからすぐに立ちなおり、気を取りなおした。「まあ、ではリアも今日は料理人の仕事をお休みできるわけね。よかったわね、リア。毎日毎日、同じお料理を作るのはくたびれるでしょう。前の料理人兼家政婦がやめてから、なぜリースが新しい人を雇わないのかと不思議でしかたがなかったんですけど、きっとあなたがご自分の最高の技術を維持するのを楽しみにしていらっしゃるからなんでしょうね」

マーゴは一息つくかつかずで、すぐにボビーの方に向きなおり、猫なで声を出した。

「ロビー、こっちへ来て、おばあちゃまにバイバイのキスをしてちょうだい」マニキュアをした手を差しだす。ボビーが照れてリースのシャツブラウスの胸元に顔を埋《うず》めたとき、むっとした表情になった。

「ボビーとお呼びになればいいかもしれませんわ、マーゴ」穏やかにリアは言ってみたが、マーゴの目に驚きが走るのが見えた。赤いブローペンシルで描いた眉が片方、弓形につり上がった。

「まあ、ひどいじゃありません。それって、まるで、そのう、人のことをとがめているように聞こえますわよ」

「ただの提案です」リアは落ちついて答えた。

短い沈黙が続いた後、ネビルが立った。それが合図だったらしく、マーゴも立ち上がった。

「では、失礼しましょう」彼女はボビーににっこりしてみせ、おどけたふうに指を小さく振り動かした。「バイ、バイ、照れ屋さん。この次はおばあちゃまにご機嫌よくいらっしゃいをしてくれるでしょうね?」それからそっけなくつけ足した。「今度はおみやげでも持ってきましょう」

リースが二人を玄関に送りだし、車まで見送っていった。ありがたいことに、すべてはあっという間に終わった。ボビーはすぐにリアの膝から下りて、とことこと歩いて、積み木のバスケットをテーブルの下から引っ張りだしに行った。

積み木を一つつかみだすと、ボビーは高くかざして言った。「ちゅみき!」

リアは頭を椅子の背にもたせかけてにっこりした。子供はまたふだんの調子に戻っていた。「そうね。ママが引き出しのお仕事をすませてしまう間、積み木を持って寝室に来ている?」

リアは立ち上がり、ボビーが積み木のバスケットを主寝室に運ぶのを手伝ってやった。ボビーはすぐに新しいベッドの縁に積み木を並べだした。彼女は引き出しに敷き紙を敷くのに精を出し、たちまちそれを終えると、リースの衣類を古いたんすから新しいものへ移し替えようと、リネン用クロゼットへ洗濯籠《かご》を取りに行った。それを持って廊下に出たときリースに出会った。

彼の厳しい顔にリアは警戒したが、そのいらだちの原因は自分ではないとすぐに気づいた。マーゴが捨てぜりふに何かを言ったのだろう。

「これから洗濯を始めるんじゃないだろうね？」つっかかるように言う。

「いいえ。あなたの衣類を移し替えようとしているのよ」

「バスケットをしまってくるんだ。僕がたんすごと運ぶから。二度手間をするなんて意味ないよ」

たちまちリースがたんすを運び込み、ボビーがよちよちと、畳んできちんとしまってある衣類を見に来た。彼女とリースは黙々と一緒に働き、素早く移し替えを終えて、リースがたんすをまた客用寝室に戻した。

リアはボビーのおしめを替え、彼を寝室にまた連れて戻ると、あやして積み木をバスケットの中に片づけさせた。

「そろそろ町へ出かけないか？　きみのものはあとで移せばいい」

リアはにっこりした。「いいわね。私、だれかさんがあれをほしがりだすのを待っていたのよ。だって、あそこに着いて注文するころには、彼はもうすっかり、ほら、わかるでしょう?」

リースのこわばった顔がほころびた。「だれかさんとあれ、ね。いつまで、その符号でやっていけるかな?」

「あまり長くはないわね」彼女は黒い眉を上げた。「あなたは見のがしたかもしれないけれど、私が〝だれかさん〟と言ったとたん、この子は首をしゃんと立てたわよ。だから、私たちが気づいている以上に、この子はわかっているのよ。私たち、もっといい言葉をすぐにも考えださなくては」

ボビーがまた一つ積み木をバスケットの中に落とすのをリースはにこにこしながら眺めている。子供が自慢でかわいくてたまらないらしく、厳しい表情は拭《ぬぐ》い去られたように消えていた。すっかりくつろいでいる様子で、いかつい感じだけれどハンサムだった。リアはどうしようもなく胸のときめきを覚えてしまった。

二人はボビーを連れて車で町へ夕食に出かけた。忙しい一日のあとで、料理をしたり後片づけをしたりしないですむのはありがたかった。ボビーも外出を喜び、これもまたリアに家族の楽しみを感じさせる小さな出来事だった。

表で三人一緒にいるのを人々はあまり見かけたことがない。それで、ほかの客たちが、彼らに手を振ったり、テーブルの横で立ち止まって軽く挨拶《あいさつ》したりした。そんなふうに関心を示され、リースは少々気詰まりな様子だったが、口に出しては何も言わなかった。

そのあと三人は車で家に帰り、リアが自分のものを主寝室に運ぶのをリースは手伝ってくれた。さらに、ボビーをお風呂に入れるのも服を着替えさせるのもベッドに入れるのも一緒にしてくれた。リアは自分のバスルームから化粧用品を集めてリースのバスルームの中に置く場所を見つけた。

それが終わると、髪からピンを抜いてバレッタを外した。日中は忙しくしていて、夜のことはあまり考えずにすんだものの、この二時間は緊張が高まりつづけている。今日は一日がかりで、リースとベッドを共にするための準備をしたけれど、まだ早すぎるという感じを彼女はどうしても拭えないのだった。

何カ月も前にそうなっていていいはずなのだからと、どれほど自分に言いきかせてみても、あまり役に立たない。今夜それをするということ――しかもリースがそうしようと言ったからという理由だけで――は、あまりにも無分別で、行きすぎた行為に思われるのだ。彼との結婚自体、そもそもそうだったのだけれど。

昨夜と今朝のキスが思いだされた。すると、恐れと女としての興奮の入り交じった激しい感情に体が震えてきた。彼は事をゆっくり運んで、二人の間に気持ちが通じ合うのを待ってくれるかしら？　それともそんなことは彼にとってどうでもいいのかしら？　私が離婚の話を持ち出したとたん、彼は反対しようと懸命になっていた。

この結婚を完全なものにするために、彼は寝室での事を急ごうとするのかしら？　その一歩を踏みだせば、私が彼からいっそうはなれにくくなるかもしれないというぐらいのことは、恐らく彼にも見当がつけられるだろう。

それに、男の人は必ずしも相手の女性を愛していなくてもベッドを共にできる。私は愛していない人とベッドを共にするなんて想像もできないけれど。でも私は経験に乏しい。それに、私は彼を愛している。だから、今夜彼がそのつもりになっていれば、私は断れるかどうかわからない。

不安に怯《おび》えているバージンのような言い方でなく、肉体的関係はもう少し待ってほしい、という話をどう持ち出せばいいのかしら？　いくつかのキスはいいけれど、それ以上はだめと、夫に対してどう言いだせるかしら？　あるいは、私も長いネグリジェを着てベッドに入りますけど、あなたもパジャマは持っているでしょうね、と？

私は経験に乏しく、おまけに生まれつき内気で、実際の愛の行為を考えたとき、そういうことがひどく妨げになると、彼は本当にわかってくれるかしら？

リアはバレッタとヘアピンを洗面台の邪魔にならない所に置いた。

何かを求めるときは慎重に……。

嘲《あざけ》るように、その言葉が頭をよぎる。リースの部屋に完全に移ってしまうのが彼女はふいに耐えられなくなった。プライバシーと独立感覚を少しでも残しておきたいという切実な思いから、自分の石鹸《せっけん》とシャンプーを取り上げ、ヘアドライヤーとブラシの一つを引き出しから出し、元の部屋に持ち帰ることにした。せめて今夜だけでも、あちらでシャワーを浴びよう。彼女はロングのネグリジェと部屋着を新しいドレッサーの引き出しから取りだし、ボビーの部屋を急いで抜けていった。

ボビーはぐっすり眠っていた。リースは今日手をつける暇のなかった事務的な仕事をいくらかでも終えてしまおうと、忙しくしているのだろう。急げば、自分の部屋でシャワーを浴びたことは知られずにすむかもしれない。

夜の日課をなれた場所でできるのは気分がよかった。この何カ月間か使ってきたこの美しい部屋が彼女は好きだった。主寝室はこの部屋より大きく、新しい家具はゴージャスだ。でもこの部屋でさえ彼女は王女様のように感じていたのだ。子供のころにも、タウンスクエアに面したこんな贅沢《ぜいたく》な所で暮らしたのは初めてだった。だからどんなに他人にはばかばかしく思われようと、この部屋に愛着を感じずにはいられない。

彼女はシャワーを終えて髪を乾かし、ネグリジェと部屋着を着た。細い肩紐《かたひも》付きの淡い黄色コットンのネグリジェは完全に不透明で、くるぶしまで体をすっぽり包み、それと対の軽い素材の部屋着もくるぶしの長さだ。部屋着のベルトを腰で緩く締め、それからタオルを集めて大型バスケットに入れた。

ボビーの部屋をそっと通って主寝室に向かっていたとき、リースがそこで自分を待っているとは思ってもいなかった。

客用寝室の一つから運んできたらしい安楽椅子に彼はかけていた。その姿を見てリアはどきっとし、ためらいがちに立ち止まった。彼は大きな椅子にゆったりと座り、頭を椅子の背にもたせかけて、長身の体を完全にくつろがせている。黒い瞳が男の関心を見せてきらめき、ベルトを締めた彼女の部屋着の胸元から下へゆっくりと走って、素足の足元でしばらく止まった。

彼女も大きく目を見張ってリースを上から下まで眺めた。彼女がヘアドライヤーを使っている間にシャワーを浴びたらしく、黒い髪がまだ少し濡《ぬ》れている。ジーンズをはいてファスナーを上げているけれど、ボタンは留めていない。シャツを着ていないので、並はずれてたくましい胸が見える。そこは薄く胸毛で覆われている。ほの暗く静かな部屋の中で、彼の完璧《かんぺき》な男らしさがひたひたと迫ってきて、彼女を包んだ。

「ここのシャワーを使うのに何か不都合なことでも?」

そうきかれて彼女は内心すくみ上がった。「なんとなく不安で。最後にと思って……。ひょっとしたら、そうではないかもしれないけれど」

支離滅裂な答えをしてしまい、顔がかっと火照って自分が途方もなく未熟に感じられる。

リースから目がはなせなくて、その目が大きな皿みたいに見開かれているような気がした。

がっしりした腕を椅子の腕にかけ、デニムに包まれた長い脚を膝の所で折って、彼がゆったりと座っていた光景から私はまだ立ちなおれていないみたい。彼も素足だった。ボタンを留めていないジーンズを見ているうちに、パジャマを持っていないからそれを着ただけかもしれない、とリアはふいに思いついた。

するとも、もちろんベッドにはジーンズもパジャマも着てこないだろう。ジーンズの開いたボタンの下には、下着らしきものものぞいていない。彼女の心臓の鼓動が急に速くなった。

## 7

つい二日ばかり前まで、お互いあまりにもよそよそしくて、とうとう離婚の申し出をしなくてはならなくなるほど追いつめられていたなんて、思いだすだけでもびっくりする。あれから小さな一連の変化を二人はかいくぐってきた。その変化は、それまでの二人の間の冷ややかな膠着《こうちゃく》状態に比べれば、ちょっとした地震のようにも感じられた。そしてその小さな変化が今日一日、だんだんに大きくなっていったけれど、この最後の変化――彼とベッドを共にするということ――は、あまりにも危険で、そんなことをしたら大きな不幸につながりそうな気がする。

まだ早すぎる。あまりにも早すぎる。リースとのことは何年も夢に描いてきたが、いざとなってみるとどうしていいかまったく途方に暮れてしまう。ロマンチックな幻想やそこはかとない欲望は、上半身裸のリース・ウエイバリーという、あからさまな現実とはまるで似ていない。それに加えて、ボタンを留めていないジーンズや、体を走る衝撃とくると、彼女は自分がまだ純粋無垢《むく》なバージンであることを、ひしひしと感じてしまうのだった。

二人の間の沈黙が重苦しく感じられてきて、彼女は指を前でしっかり組んで手の震えを抑えた。ひどく恥ずかしく気詰まりだったが、それでもなんとか話の糸口は見いだせた。

「私の目覚ましであなたに迷惑がかからないといいのだけれど。私、たいていは目覚ましが鳴る前に目が覚めるから、あなたがそれを聞くことはないかもしれないけれど」

いらいらと何かわけのわからないことを口走りそうで彼女は口をぐっと結び、リースがこの不安な状態を終わらせてくれればいいのにと願った。

「緊張しているみたいだね」穏やかな口調だった。

「あなたはそうではないのね」彼女は言い返した。「ごめんなさい。これはあなたには大した変化ではないのね。前に……結婚していたんだから」無理にほほえもうとし、それがねじれた微笑になっているのに彼女は気づいていなかった。「こういうことにもっと大人になるようにするわ」

それからベッドの方を向き、リアはためらった。

「どちら側がお好みなの？」

「どちらでも。きみが好きなほうを選べばいい」

バスルームに近い側のナイトテーブルに目覚まし時計を置いたので、彼女はそちらに向かった。ベッドカバーとトップシーツを下の方へはがし、どうしようもないほどぎくしゃくした指先で部屋着のベルトを緩めた。

脱いだ部屋着をベッドの足元にかけるのはもっと厄介な感じだった。思ったようにきちんとかけられず、ねじれてくしゃくしゃになってしまう。急いでもう一度取り上げ、やりなおしてみたものの、結果は大して変わらなかった。ちらっとリースの方を見ると、さっきからこちらの動きの一つ一つを興味深く眺めていたらしい。

きまり悪さと挫折《ざせつ》感にいらだち、リアはふいに腹が立ってきた。

「次は、ベッドに入って寝返りを打ち、床に転げ落ちる芸当でもご覧にいれましょうか？」

今度はなんとか、部屋着をベッドカバーの裾《すそ》にきれいにかけることができた。リースがおもしろそうに笑った。それから彼が立ち上がる音が聞こえた。

「いつもそんなにきちんとしていないと気がすまない質《たち》なのかい？」

リースがベッドの自分の側に近づいてくる。彼女は用心深くちらっと見た。パジャマはどこにも見あたらない。いまにもジーンズを脱ぎ捨てるかもしれない。何をきかれたのか彼女は忘れそうになった。

「整然としているのはいいことだと思うわ。いつもはきちんとするのにそんなに時間はかからないのよ」部屋着のことについて弁明する。「きちんとしておけば、かえって無精にしていられるのよ。少しの散らかりようなら、片づけるのに少しの時間と手間しかかからないけど、ひどく散らかっていると片づけるのに何時間もかかるかもしれないでしょう。

片づけに取りかかる気力だけでも大変よ。ちょっとした下準備は時間の節約で報われるの」

まあ、いやだ！　興奮してぺらぺらと口走るなんて。これでは、ただの小うるさい女だ。下着にまで糊《のり》をつけ、家具には染み一つつけることを嫌う女。

ほら、リースがこちらの上気した顔を眺めてにやにやしている。

「僕もだらしなくしていると、折り畳んでどこかの引き出しにしまわれてしまうのかな？」

上気した顔がひりひりするほど火照ってくる。「ごめんなさい。鼻持ちならない女に聞こえたでしょうね？」

「ひどく怯《おび》えているように聞こえるよ」

「そう、怯えているのよ」思わず言ってしまい、プライドが強烈な一打を浴びてしまった。「私たち、どうしてこんなことをするの？　それに今日の散財だって……」彼女は顔をそむけてマットレスの端に腰かけた。

ベッドが動くのが感じられ、体が痛いほど緊張する。背後で、リースが自分の側のベッドに落ちつく気配がし、温かく大きな手が肩にかかってきた。

「かちかちになっているようだね、ダーリン。横になってごらん。僕がこわばりをほぐしてあげよう」

彼女は反射的に立ち上がりかけた。だが、がっしりした手で押さえつけられた。

「僕のことは安心して頼っていいんだ、と証明させてくれないか。きみがくつろぐにはそれがいちばんいい手だ」

「あなたは何も証明する必要はないわ」リアが肩越しに振り向くと、彼は疑い深そうな顔をしている。「自分でリラックスできるから、大丈夫よ」

「今夜はそうはいかない」むっつりと答える。「僕は、きつく巻いたぜんまいの横に寝て、いつそれがはじけるかとびくびくしていたくないんだ」

ばかもいい加減にしろという顔をされて、彼女は屈辱を感じた。

私があまりおどおどしているので、いらだち、じれているのだろう。彼女は折れて、しぶしぶうつぶせになった。ネグリジェが足首まで体を覆っているかどうか用心深く確かめ、リースから顔をそむけて目をしっかり閉じた。

リースが立ってきて、彼女の腿の両脇《わき》に膝をついた。枕《まくら》をそっと顔の下から外され、長い髪を一まとめにされると、彼女はかすかな身震いを抑えられなかった。

「きみの髪はシルクのようだ」うめくように言う。リースに髪を触られる甘美な感覚に彼女はなんとか耐えた。「アップにせずに、もっと始終、こうやって下ろしていたほうがいいよ」

髪が脇に押しやられ、両手が背中の上のほうにやさしく載せられた。

「だれかに凝りをほぐしてもらったことは?」指先がそっと動いて、緊張した所を探りだそうとする。

「いいえ」低くつぶやいた声は、自信なげだったが、本当はそうではなかった。

思いだす限り、彼女はいつも触れられることに憧《あこが》れていた。しかし、その憧れがあまりにも強く、そのことに自分がとりわけ無力なのを知っているので、単にそうされそうなことから頑《かたく》なに遠ざかっていたのだった。一線を越えるのを許されたのはほとんどボビー一人というほどに。ホイットとのダンスは、彼女にとっては大きな、とても大きな出来事だった。そしてそれすら、いまここで起こっていることとは比べようもない。

リースが相手だと、触れられるということが、まったく新しい、もっと深い次元のものになってくる。性的要素がそこにあるからというだけでなく、リースを私が深く愛しているから。

そうわかってみると、彼の手が凝っている所を慎重に探しはじめるにつれて、恐怖が襲ってくる。確かに私は何年も彼を愛してきたけれど、ここ何週間か、その感情に無感覚になろうと必死で努めてきたのだ。おかげで、彼への愛が、自分とはやや切りはなされた一つの幻想にまでなっていた。

しかし彼への激しい思いが、この二日でまたこっそりと戻ってきていた。とりわけ、昨夜のあのキスで。ふいに恐怖を感じたのは、前にも増してなお深く彼を愛してしまったと気づいたからだった。

「きみは僕に抗《あらが》っているね、ダーリン」そうつぶやかれ、閉じたまぶたの裏が熱くなってくるのが感じられる。私が本当に抗っているのは私自身なのだ。彼には思いも及ばないだろうけれど。

自分を自滅型と考えたことはないが、果たしてそうかしらと、今夜は疑えてくる。ここまでやってこられた、生き抜こうとするあの強い意志がいまもあれば、彼の両手を払いのけて逃げだし、鍵《かぎ》をかけたドアをバリケードにする強さが見つけられるだろうに。それとも逃げださないまでも、せめて彼を拒みつづけることができるだろうに。

しかし、たこのできたがっしりした手と指が有無を言わせない力で体の上を動きはじめると、まるで魔法にかけられたように、体全体に興奮が広がった。やがて、いちばん女らしい所に熱い興奮が濃密に凝縮されていき、これは自分にとって破滅の始まりなのだと思われてくるのだった。

リースはいまのこの行為によって、これから先、私に対して肉体的にどれほど深く関《かか》わることができるようになるだろう。それを彼の望むときに始め、望むほど長く、望むほど何度でもできるだろう。いま驚くのは、触れられたいという、人間としての単純で基本的な欲望すら満たされずに、これまでよくぞ生きてこられたという思いだった。

このことに彼の心は少しは関わっているのかしら？　眠りともつかない、ぼんやりした感覚の状態に落ちていきながら、リアは漠然と思った。それとも、この二日のすべて、とりわけ彼がいましていることは、結婚生活を無難に続けていきたい経験豊かで老練な男の事務的な行為にすぎないのかしら？

でも彼が何を考え、本当はどう感じて、こんなことをしているか決めるのは、そうむずかしくはないのかもしれない。私がその問いを考えつく前に、答えはすでに与えられていたのではないかしら？

〝僕は、きつく巻いたぜんまいの横に寝て、いつそれがはじけるかとびくびくしていたくないんだ〟と彼は言わなかった？

あれは確かに、何分間かを犠牲にしても、一夜の快眠を得ようとする疲れた男の言葉で、妻を心地よくしてやろうというだけの、やさしい夫のものではなかった。

だが、ゆっくりした手の動きには決して思いやりが欠けているわけではなく、彼に触れられる甘美な快感にあやされて、リアは眠りへと誘われていった。

翌朝、目覚ましが鳴る十分以上前に彼女は目が覚めた。頭からかかとまで、後ろに男の温《ぬく》もりが寄り添い、腕が腰のまわりに重くかかっていて、めったに感じたことのない安心感と帰属意識のようなものがわいてくる。

そんな感覚からはなれるのがいやで、彼女は静かに横たわって味わった。それから腕を動かして、リースの腕に用心深く重ねてみた。彼の腕のほうがずっと長いけれど、手の甲になんとか自分の小さな手をしばらく載せることができた。相手が目覚めて気づく前にその手を探索してみたくて、手の甲の静脈や傷をそっとなぞってみる。

指を絡ませる勇気が私にあるかしら？　ゆっくりとむらのない息遣いからすると、まだ眠っているのは確かだわ。そっと指をリースの指の間にすべり込ませて、指先を彼の手のひらに向けて曲げる。

こんなばかみたいないたずらをして、まるで眠っているライオンの首のまわりの毛を三つ編みにしている鼠《ねずみ》みたい。ふいにそう思えてくる。ライオンはきっと三つ編みに感謝はしないわ。とりわけ、目覚めて、獲物がすぐそばにいるのを見つけたときは。一年半近くも禁欲してきた精力的な男の手のひらを戯れに指先で叩《たた》いたりしたら、気づいて目覚めた男は、禁欲を終える好機が自分の腕の重みの下に捕らえられているのを知り、彼女がまだ受け入れる準備のできていない形で感謝を表すかもしれない。

ばかなことはやめて、安全地帯にこっそり抜けでたほうがいい。試しに体を動かしてみたとき、リアは夜の間にネグリジェがずり上がっていたのに気づいた。それにリースのほうも、ジーンズもパジャマもつけていない。彼からそっとはなれるのがいっそう分別のある行動と思われてきた。

リースが腕を曲げて彼女をしっかり引き戻さなかったら、そうできただろう。

「まだ四分あるよ」寝起きのかすれた声だった。

「でも、もう目が覚めたから」小さな声で言い返すと、彼がおもしろそうに笑った。

「僕もだ」

そう言うなり彼女を仰向けにし、片肘をついて起き上がり、上に身を乗りだしてくる。黒い瞳に顔を見つめられ、息詰まる瞬間、リースの顔がすっと下りてきた。

唇がひどくやさしく重ねられ、その温もりが官能の波となって体を流れた。無精髭《ひげ》が肌にちくちくし、いままでに味わったことのないざらついた感触が加わった。だが、それが好きかどうか決める暇のないうちに、キスは終わっていた。

「おはよう」彼が身を引いてぶっきらぼうに言う。「おはようございます」面映《おもは》ゆそうに彼女は答えた。

リースが手をのばして、目覚まし時計のスイッチを切った。恐らく鳴る寸前だっただろう。

「さあ、もう行ってもいいよ」黒い瞳がおもしろそうにきらきらしているのをリアは見のがさなかった。

彼女はベッドの端の方へ寝返りを打って彼からはなれ、ブラジャーとジーンズをドレッサーに取りに行き、シャツブラウスはクロゼットから取ってきて、バスルームに向かった。すべてを終えて出てくると、リースがすでに服を着て、自分の順番を待っていた。

ボビーはまだぐっすり眠っていた。足音を忍ばせてキッチンに急ぎ、彼女は朝食の支度を始めた。世界がまるで変わってしまったよう。食事の支度をしていても、前にはなかったほど気持ちが満ち足りていて、その気持ちがずっと続くように思えてくる。おそらく今朝は、自分が単なる料理人や家政婦ではなく、少しは妻らしく感じられるからだろう。リースはどうかしら？　少しは夫らしく感じているかしら？　それとも、ほっとしているだけかしら？　昨夜のことが、離婚をいっそう問題圏外に押しやるのに役立ったから。無分別に希望を募らせるのはよそうと決め、彼女は朝食の支度に専念した。

朝食後、リースは外の仕事に戻っていき、リアは朝の日課をこなしていった。その前にリースは、彼が寄付を許した寝室のセットのことを彼女に思いださせ、今日その手配をするようにと言った。そうすれば、牧場の男たちの何人かにそれを運びださせて送り先に届けさせるからと。

牧師への電話で、ほかのすべても動きだした。彼女が適切と考えている匿名の寄贈ができるように、家具は教会で引き取ろうと牧師は言ってくれた。そしてその日の午後遅く、それは最近家が火事になり、家財を失ってしまった家族に届けられることになった。

昼近くなって男たちが家具を運びだしにやってきた。リアは感謝して男たちに仕事を任せた。彼らが出ていってしまうと、ボビーを連れて、空っぽになった寝室に急ぎ、昨日リースの寝室にしたのと同じように、隅から隅まで丁寧に掃除機をかけた。町からの帰りに男たちが立ち寄るはずなので、リースの古い家具をその部屋に運び込んでもらえるよう、すっかり準備を整えておきたかったのだ。

すべてが終わって昼食をテーブルに並べるころには、ボビーは昼寝をさせなければならないほどむずかりだした。凝った形に切った小さなサンドイッチを食べさせるのを諦《あきら》め、デザートに取ってあったクッキーで妥協するしかなくなった。

昼食の間、リースはほとんど黙り込んだままだった。なぜかしら、と彼女は思った。朝の食事のときは少なくとも家具の手配のことを話し合ったのに。彼はついさっき入ってきて手を洗い、息子にちょっとキスをしたが、腰を下ろして、食前のお祈りをし、食事を始めてからは、何かに気を取られている様子で、ボビーが騒いでも、そちらにちらっと視線を向けるだけだった。

私たちはまたいつもの事務的な関係に戻ってしまったのかしら？　今朝ベッドを出る前に彼は私にキスをしたけれど、そのあとは何もない。確かに目は合わせるが、そこには関心のきらめきはないし、お互い触れ合おうともしない。

いまの冷たいよそよそしさと、昨夜安楽椅子に座って熱い視線を物憂げにこちらに走らせていた、ひどくセクシーな男とを結びつけるのが、ふいにとてもむずかしくなった。

愛に飢えた子供時代の孤独感や、一生つきまとってはなれない不安感のせいで、いまのこの状況を軽くは見過ごせなくなる。

彼女はボビーにミルクを飲み干させ、顔や手についたクッキーの屑《くず》を湿らせたタオルで拭《ふ》き取ってやった。それが終わると、タオルを椅子のトレーに置き、立ち上がってトレーの留め金を外してボビーを抱き上げた。

「ほら、パパにおやすみを言いなさい」やさしく言うと、ボビーのむずかりは涙に変わった。

「いやん、お昼寝ちない、ママ、いやん!」

「いいえ、おねんねよ。いい子だから」彼女はボビーをやさしく揺すってやった。

リースが彼女の方をちらっと見たが、すぐにボビーの方に視線をそらされ、その小さな拒絶を彼女は見のがすことができなかった。リースは手をのばしてボビーの背中をやさしく叩いてやっている。

「さあ、ママと行って、ママの言うとおりにするんだよ」

テーブルをはなれ、ボビーを抱いて廊下を子供の寝室に向かったとき、玄関のチャイムの音がかすかに聞こえたが、リースが家にいるので彼女は気にしなかった。

ボビーの靴を脱がせ、おしめを替えたあと、ベッドの横板を立ててやり、ボビーが目をこすりだして、横向きになるまでそばに残っていた。それから、すぐにも眠りそうなのを見とどけて部屋を出た。

ドアのチャイムがもう鳴らず、リースにも呼ばれないところをみると、だれが訪ねてきたにしろ、その人はリースに用があっただけか、もう帰ってしまっただけなのかもしれない。

　リースのよそよそしさにまた向き合いたくはなかったけれど、キッチンを片づけてしまわなくてはならない。それにもしまだ客がいるのなら、こんなに暑い日に飲み物ぐらいは出すべきだろう。キッチンと居間の前を通ってみたものの、どちらにも人の気配はない。それで調べてみようと、反対側の棟の廊下を進んで書斎に向かった。

　リースが何かを言っているのは聞こえたが、ホイット・ドノヴァンの姿は書斎に足を踏み入れるまでは見えなかった。

「それでは」ホイットが言っていた、「その問題は片がついたとして、この前の晩、リアのことで僕が忠告した件はどうなった？」

　ホイットの言葉に平手打ちのような衝撃を覚え、彼女は息をのんで足を止めた。痛みが広がり、そのあとにすぐ怒りが激しく噴き上げてきた。顔が髪の生え際まで火照ってきた。ボビーの部屋でリースに、魂の揺さぶられるようなキスをいきなりされて、ベッドを共にしようとしつこく言われたのは、ホイットの帰ったすぐあとだった。そうだったのだ。腹立ちがつのり、冷静に考えられなくなって、言葉が口をついて出ていた。

「それはどんな忠告でしたの、ミスター・ドノヴァン？」彼女は尋ねた。二人の男がやましそうにぎくっとするのを見て溜飲《りゅういん》を下げた。「それはそうと何かお飲み物はいかが？アイスティーでも？」

ホイットはすぐには答えられないようだった。言葉に窮したためしがないことで知られている男にしては珍しいことだった。すっかり白状してしまったよりも雄弁に彼女の疑いを裏書きしている。

「ああ、それは、そのう……」

ホイットはリースを見てから彼女に視線を戻した。どう言えば、うそではないけれど、それほど正確でもなく答えられるか、うまい手を考えようとしているらしい。

リアは作り笑いを浮かべたが、こわばったものになっているのは自分でも感じられた。

「いいのよ、ホイット、答えてくださらなくて。きっと、よかれと思ってなさったんでしょう？　アイスティーにします？」

「いや、おかまいなく、ミズ・リア。余分なお手間はかけたくないんだ」

「アイスティーをお持ちするくらい、この二日間に私がした余分な仕事に比べればなんでもないですから」こらえきれずに、リースの顔を見る。その顔に向かって何かを言いたくてうずうずしてくるけれど、物心ついてからの厳しい自制心が邪魔をした。「アイスティーのことで気が変わったら、どうぞおっしゃってください」

そう言うなり、彼女は怒りと誇りでこわばった背を二人に向けて部屋を出た。それから、つかつかとキッチンに入っていき、腹立ち紛れに、昼食のあと片づけを記録的な速さで終わらせた。

本当のところ、リアはリースよりも自分に腹が立っていた。彼は心からレイチェルを愛していた。だから彼がその心の中に私のための何かを見いだせなくても、そのことで彼を責められはしないのだ。けれど義理にでもそんなふりをしなくてはならなかった彼はどんなに大変だっただろう。そう思うのは、地獄の責め苦だった。

彼女は調理台を拭き終え、布巾《ふきん》を蛇口にかけて手を洗った。それが終わると、何もかもめちゃくちゃにしてしまった、という思いがどっと押し寄せてきて、調理台にがっくりともたれた。

でも、何かは得られたのかもしれない。恐らくリースはいままでよりもはっきりと知っただろう。お義理で女にキスをし、その女とベッドを共にするのは、この二日間に二人でしたほかの些細《ささい》な事柄も含め、いつまでも続けられるものではないと。

だって彼は真実の恋を生きてきたのだから。私と形ばかりの行為をしなくてはならないなんて、レイチェルとの熱烈なロマンスのあとだけに、考えただけでもぞっとするだろう。

今日は前と同じようによそよそしかったところをみると、彼はすでにそのことに気づいているのだろう。そんな思いに胸をつかれ、リアはきっとそうなんだと苦々しく納得してしまった。どんなに早くリースがその結論に達したかを知って、彼女の心は傷ついた。

うなじに刺すような感覚があって気になり、リアは顔を上げて肩越しにそちらを見た。すぐうしろに、リースが足を大きく開き、腕を組んで立っていた。彼女は驚いて、握っていた調理台の端をはなし、くるりと向きなおった。

# 8

ホイットの姿はなかった。きっとそそくさと我が家へ逃げ帰ったのだろう。だとしても非難はできない。リースの険悪な顔を見て、彼女はふいに自分にも逃げだす安全な場所があればいいのにと思った。でも、いい加減なことでお茶を濁しても始まらないと覚悟を決めた。

「こんなことをしてもうまくいきっこないわ、リース。あなたもそれはもうわかっているでしょう?」心臓が喉まで飛びだしてきそうなのに、声は驚くほど落ちついていた。

「ちくしょう!」うなるような声で彼は言った。

リアは彼から視線をそらした。「私はあなたには向かない女なのよ。そうでないなら、この二日間の二人の間の出来事は自然に起こったでしょう。あなたも、ああしろこうしろと、だれかさんにいちいち指示されて、無理してそれに従うこともなかったはずよ」

「きみは間違っている」

ぶっきらぼうに断言され、彼女は抗議せずにはいられなかった。

「どこが？　ホイットはあなたに助言した。あなたはそのとおりにしようと決め、私たちは二度キスをして一つのベッドで寝た。こんなことは続けていけないと、あなたもわかったはずよ」

リースが一瞬、目をそらして視線を泳がせ、耳障りなため息をついた。視線が彼女の目に戻ってきたとき、それは和らいでいた。声も落ち着いていた。

「きみが何を聞いたかは知っている。確かに傷ついただろう。ホイットは、いらぬ助言を、それを求めてもいない人間に山ほどする男だ。だが、僕がきみと無理してああいうことをやったと考えているのなら、きみは蝙蝠《こうもり》みたいに何も見えていない」

信じられない思いで彼女は首を振った。「まあ、リース」黒い瞳に怒りの炎が燃え上がるのを見て、リアは口ごもった。「あなたが望む限り私はここにいるわ。でも、お願い。そうしなければ私が去っていくと考えて、無理していろんなことをしないで」

「僕が無理してきみにキスしたとでも？」組んでいた腕をリースはほどいた。かすかにおもしろがっているような顔だ。

「わからないわ。でもそうだったかもしれないと思うと耐えられないの。それに今日はまた、前みたいによそよそしくて……憂鬱《ゆううつ》そうだったし。別にそんなにロマンチックな仕草を見せてくれなくてもいいの。でも、立入禁止の札を立てられたら、私にだってわかるわ」

リースの目が険しくなった。「僕が今日なぜよそよそしくしていたか知りたいかい？

それとも勝手に邪推していたいかい？」

厳しく探るようなリースの目を受け止めかねて、彼女は視線をそらした。調理台に寄りかかって腕を組み、我を張るのはよそうと決める。「どういうこと？」

リースが近づいてきて、彼女は目を上げた。調理台から身を起こしたとき、もう彼はそばに来ていた。たちまち両手を腰にまわされ、何をされるか気づく間のないうちに、シンクの横の調理台に腰かけさせられていた。彼女は思わずリースの肩をつかみ、その手をそのままそこに置いておいた。彼の中の激しさが感じられ、必要となれば、相手を遠ざけられるようにしておこうと本能的に思ったのだ。

いかつい顔は容赦なく、目は不穏な光をたたえている。「本当に聞きたい？」

リアはためらいがちにうなずいた。

「僕の望みは、きみにここに残ってもらうことだ。そして僕は自分の望むものを手に入れている」そっけなく続けた。「いままでのところは」

言葉を切り、腰にまわした手は少し緩めたものの、まだ彼女をはなそうとはしない。

「そこまでは手に入れたわけだから、僕は今日、僕が最後にセックスをしてからどれほどになるか、ということしか考えられなかった」

歯に衣《きぬ》着せずにきっぱりと言われ、リアは彼から目をそらした。顔が火照ってくる。腰にかかった指に力がこもり、こちらを見るようにと促す。それに従うと、黒い瞳がいまはくすぶったような色を帯びているのがわかった。次に彼が口を切ったとき、その声はしわがれて聞こえた。

「ボビーが昼寝をしている間に、きみをベッドに連れていかないでいられる自信が僕にはなかった」容赦ない表情が次の言葉の露骨さをいっそう増すように思えた。「きみは、僕が燃えているからというだけで、体を求めていいような女ではないし」

彼女はショックのあまり動けなかった。

「それでわかったかい？」まるで突っかかるような口調だった。

「ええ」リアは小さな声で答えたが、黒い瞳の中の激しい光を和らげる役にはほとんど立たなかった。リースの広い肩に両手をただついている以上の何かをしたかったが、彼は緊張しすぎていて、手のひらの下のコットンに包まれた筋肉は鉄のようにかたかった。彼の黒い眉がむっとしたように下がった。

「どうした？」

喉にこみ上げてきたヒステリックな笑いを彼女は抑えられなかった。「動くのが怖いの」

リースの緊張がいくらか緩むのが感じられた。彼がうなり声とも笑い声ともつかない音をもらした。それから顔を寄せてきて、彼女の口元からほんのわずか先でためらったあと、唇をしっかり重ね、調理台の端に彼女を引き寄せた。

彼の腰がぴったり押しつけられるのが感じられたが、そのショックはひどく強引なキスに圧倒されてたちまち消えた。彼女は彼にしがみつき、激しい欲望に、思わず低いうめきをもらしていた。

彼の唇が――そしていまは手が――作りだす、めくるめく奇跡にもう耐えきれないと思ったとき、キスが和らぎ、あまりにも早く唇がはなれていった。

リースは震えていた。女の力が体の中にこみ上げるのを彼女は感じた。彼の心臓の鼓動のほうがいっそう強く打ち、二人の体にびんびん響いてくる。息をのむような数分、唇が髪に、次にうなじに、むさぼるように押しつけられ、それから体がはなれた。

「さあ、もう安心していていいよ」かすれた声だ。「少なくとも日のあるうちはね」

彼女の上気した顔をリースは眺め、視線を髪に上げ、それからまた下ろして、キスされてふくれている唇に留めた。

「何か静かなことをして、僕には書類仕事に戻らせてくれないか。そして、家の中にきみがいるのを忘れさせてほしい」

リアは瞳を凝らした。まだ少しめまいが感じられる。こんなに厳しい顔のリースも、こんなに男らしく、こんなに強烈な感じのするリースも初めてだった。彼女の中の女のすべては完全に圧倒され、彼にぴったり鼓動を合わせてしまった。いま起こったことには、まやかしもうそもない。二度とそれに疑念を挟むこともないだろう。

リースはリアを抱き下ろして体を引き、背を向けて、一度も振り向かずに、ゆったりした足取りでキッチンを出ていった。リアは膝ががくがくしてくずおれそうになり、調理台にもたれた。

彼女の切望している愛と、リースの話していたことには大きな違いがあると気づいたのは、もっとずっとあと、午後も遅くなってからだった。それまでその違いが自分にとって少しも問題ではなかったのだと知って、彼女は悲しくなった。

それにリースは、彼女に対して何かが感じられるまで待つとも言わなかった。リースに考えられるのはセックスと、彼女がそれをせかせていい女ではないということだけのようだった。

夕食の席で妻を見たリースは、その日の午後、内心を明かしすぎてしまったことに気づいた。今度は彼女のほうがよそよそしくしている。相手の不安が感じられ、彼は自分がセックスに狂った動物のように感じられてきた。

リアはレイチェルより繊細でずっともろく、傷つきやすい。いつものように彼はリアをレイチェルと無意識のうちに比べていた。昔はそんなとき、どちらかといえば、リアがレイチェルより一段下に見えるような形で比べていた。だがリアには、彼を引きつけ、好奇心をそそる深さがある。汚されていないあどけなさとか、魅力的であると同時に悲しみをたたえた純潔さがある。

ボビーに対するのとほとんど同じやさしさを、いま彼はリアにも感じていた。リアをレイチェルより一段下とする考えはすっかり姿を消していた。いつそうなったのかははっきりしない。

この前の夜、彼女の髪がどんなに長いかということに気づいたときや、その目がどんなに美しいか、そして昨日、彼女の美しさがどんなに楚々《そそ》としてとらえがたいものかに気づいたときと同じだった。リアの美しさは、レイチェルのように一目で心を引きつけられるものではない。それは、徐々に気づき、それから何度も目を引かれ、やがて目をはなせなくなる、という類《たぐい》のものだった。数年続いてから色あせるものと比べ、ずっと深く心にしみ入り、長く続くものだった。

彼女はまた、ここ何カ月間、あんなにも細やかに彼やボビーの世話をしてくれた女性でもあった。無数の奉仕に見られる彼女の善良さや寛大さは、それ自体が美だった。

リアはいまよりずっと多くのものを与えられて当然の女性だ。ステーキをまた一切れ切り分けながら、二人の間の沈黙をなんとかしようと彼は決めた。

「夜、ボビーが僕といるとき、きみは何をしているんだ?」

リアが彼を見た。「本を読んだり、テレビで映画を見たり。ちょっとした雑用をしなければならないときもあるし。ときどきは散歩に出かけたりも」

「きみはこの牧場のどこへでも自由に行っていいんだよ。わかっていると思うが」ステーキを一切れフォークの先で取り上げながら言う。「よかったら、ピックアップトラックのどれかで。だれかに行き先さえ言っておいてくれればいいから。ドライブに行きたいときも同じだ」

彼女は皿に目を落とし、ライ豆をつついた。「ドライブにはずいぶん長く行ってないし、たぶん運転の腕も鈍っているわ」

「そんなのすぐに戻ってくるさ。朝の涼しいうちにいつか僕がつき合うよ」

リアの穏やかな青い瞳が上がり、彼の視線を受け止めた。この提案が気に入ったらしい。

「そんなに朝早くからボビーの面倒を見てくれる人が見つかるかしら」

「マギーなら朝早くても大丈夫だ」マギーは牧童頭の妻だった。「夕食後に彼女に電話をしてみたら？　彼女の都合のつく、最初の朝に出かけよう」

気分が少しくつろいでくるのを感じながらリアはうなずいた。ボビーが皿を動かし、椅子のトレーから落としそうになった。彼女は落ちついて手をのばし、皿を取り上げた。リースが先を続ける。

「とにかく、のびのびにはなっているが、手伝いの人も早く見つけないとね。きみにもっと暇ができれば、僕と朝早く出かけるのも問題ないわけだ。きみの気に入った人を雇えばいい」

リアは皿をテーブルのボビーの手の届かない所に置いただけで、何も言わなかった。面倒を見なければならない家庭があるというのは好きだったし、そんな家庭があるということに大きなプライドを持っていた。その点ではやや時代遅れなのだろう。あまり世なれているほうでもないし、キャリアウーマンになりたいという考えに特に取りつかれているわけでもない。ただ、家庭とか家族を持つことに、物心ついてからずっと憧《あこが》れてきただけだ。

「アイナがやめてから、きみ一人に何もかも任せるつもりではなかったんだ。たしかその問題を、ここ何カ月かの間に二度ほど持ちだしたと思う。だがボビーも大きくなってくるし、それに僕たち二人の間も変わってきているわけだから」

リースは切ったステーキをようやく口に運んでいる。彼のうつむいた顔を彼女は探った。分別のある提案だけれど、また一つの変化に合わせていかなくてはならない。しかも大きな変化だった。この十一カ月間、彼女がありがたいと思っていたことの一つは、二人の間のすべてが、完全にプライベートに保たれてきたということだった。住み込みの家政婦がいないので、二人が感情的にも肉体的にもどれほどよそよそしいか、だれにも知られずにすんだ。ましてや、二人がベッドをずっと別にしていることなど、気づく人はいなかった。

リースとの間が実際にどれほど変わるか、まだはっきりしていなかった。他人を家に入れたくはない。他人を入れればその口からどんなうわさが広まるかわからない。リアは慎重にならざるをえなかった。

「考えておきます」ボビーにカップを渡しながら彼女は答えた。

リースは眉を寄せ、口に入れたステーキを食べ終えた。彼女は皿に目を落としていたが、リースの探るような視線を感じた。こちらの返事にいらだっているのがわかる。

「僕には僕の仕事を手伝ってくれる人たちがいる」リースは簡単には引き下がらなかった。「きみにもきみの仕事を手伝ってくれる人がいて当然だ。そうすればきみにも自由な時間ができる」

大事な違いを指摘しておかなくては、とリアは彼を眺めやった。「でもあなたの場合、その人たちはこの屋根の下で寝ないし、家政婦みたいに四六時中、家の中にいるわけでもないでしょう」

リースがキッチンにやってきた今日の午後のことを彼女は考えていた。家政婦がうっかりその場に顔をのぞかせたら、と考えるとぞっとしてしまう。実際、彼女自身、ホイットが来ていた間の悪いときに書斎に足を踏み入れてしまったのだ。

リースも同じことに思いいたったらしく、その目に何かがひらめいた。

「では、通いのだれかを見つけるといい。アイナのような住み込みを雇わなければならないという決まりがあるわけじゃない。実を言うと、この何カ月間か住み込みの家政婦のいない暮らしをしてきてみると、僕も住み込みという考えが気に入るかどうか自信がないんだ」

彼の譲歩にリアは少しほっとした。リースのほうから言いだしてくれたのはありがたかった。「私は家政婦や料理人なしで育ってきたでしょう。だから、そういう人がいなくても平気なんだけど。でもボビーについてはあなたがおっしゃったとおりだわ。あの子もだんだん活発になってくるし、一週間に一日か二日、だれかに来てもらうのもいいかもしれないわね。だれか適当な人がいないか、きいてまわってみるわ」

「よかった。きみは自分の好きなことだけして、あとはきみが雇った人に任せればいい。一日か二日で足りなくなれば、また日数を増やせばいいし。なんなら丸々一週間でもいい。きみしだいだ。家庭内のことはきみに任せてあるんだから」

典型的な性差別主義者の発言だ。リアは屈辱よりはおかしさを感じ、頬がふいに緩みそうになってくるのを抑えた。彼女は家の中の仕事をとても楽しんでやっていたし、それを立派にやっているという誇りを持っていた。いまの言葉で、その功績を認められたような気がしたのだ。それに、彼女にもウエイバリー牧場の中に権限の場があると——ほかの人がそれをどんなに慎《つつ》ましやかなものと考えようと——その言葉は語っていた。

彼女の考えを、なんて従属的なのとレイチェルなら笑ったかもしれない。だがレイチェルは特権と安定以外は何も知らなかった。どこに行こうと彼女は思いのままに振る舞っていた。しかし、小さなアパートでの一人暮らし以外、自分の家庭と呼べるものを、まして自分がそこの権威者であるような家庭を持ったことのない人間にとっては、ウエイバリーのランチハウスの管理を任されることは、小さな王国を支配するのにも似ていたのだ。

リースがステーキを食べ終え、アイスティーのグラスに手をのばした。彼女はそれに気づいてフォークを置いた。

「デザートを作ったの。凝ったものではなくて、アイシングなしの、粉砂糖をかけただけのコーンケーキだけど。それともあとで、コーヒーと一緒に召し上がる?」

「どれくらい作ったんだ?」

「小さなケーキ皿一つ分よ」

リースににっこりされ、その温かさを彼女は足の先まで感じた。「いま食べて、まだあとでも食べられるくらい?」

リアは嬉《うれ》しくなって微笑を浮かべた。リースは彼女に関心を示しはじめると、口もそれほど重くなくなってきていた。「もしそうしたければ」

「では、いまとあとと両方だ。僕が取ってくるよ。どこにあるんだい?」

「上の段のオーブンよ」彼の申し出にびっくりするほどの親近感を覚えながら、リアは答えた。そんな小さなことに、それほど多くの意味を持たせるのはばかげているとわかってはいたけれど。

リースは立って、二つ重ねのオーブンの所に行った。そして小さなケーキ皿を取りだし、テーブルに運ぶ途中で調理台に足を止めた。デザート用の皿と取り分け用のへらを彼女はそこに出しておいたのだ。彼が腰を下ろすころには、リアはアイスティーのお代わりをつぎ、ボビーのカップにミルクを少し入れ足していた。

ボビーはその日の夕食時にはかなりおとなしくしていたが、ケーキを見て顔を輝かせた。

「ケーキ、ケーキ!」

リースはみんなにケーキを取り分け、それから慎ましやかなデザートを一口味見し、少し気むずかしい顔で彼女を見た。

「料理やパンやケーキ作りも手伝いの人と一緒にやるのかい?」

リアはアイスティーを一口飲み終えたところで、すぐにグラスを置いた。「たぶんそうはしないつもりだけど、そうしてほしい?」

「とんでもない!」

リアはにっこりしてから、ケーキを頬張っているボビーをこっそり指さした。「だめよ、パパ」

リースはすぐに改悛《かいしゅん》の表情を浮かべてみせた。目は笑っていたけれど。「わかった、ありがとう、ママ。言葉に気をつけるよ。おいしいケーキだ」

「気に入ってもらえて嬉しいわ」リアは自分も一口味わった。

食卓での二人の会話は活発でもウイットに富んだものでも才気にあふれたものでもなか

ったが、リアはしみじみと幸せをかみしめた。私はいま、私がこの世でいちばん愛している二人と一緒にいる。そのうちの一人は、私を母親と思って育つのだから、心から私を愛してくれるだろう。もう一人は、少なくとも友人として、また私を好きになってくれた。それに私と人生を分かち合いたいという気持ちもはっきりさせている。女としての私を求めてもいる。そういうことから見ても、彼は私に少なくとも好意は抱いているのだろう。それはひょっとしたら、もう少し深いものに発展するかもしれない。

デザートの後、彼女がテーブルの上を片づけ、食器洗い機をいっぱいにしている間に、リースがボビーの手や顔を洗ってやった。それからおしめを替えに連れていき、戻ってくるころには、彼女も仕事が終わっていた。

「例の散歩はどう?」リースにきかれ、誘われる喜びに彼女の胸はきゅんとなった。熱さのまだ残る黄昏《たそがれ》の中を二人はゆっくり厩舎《きゅうしゃ》まで歩いていった。ボビーもとことこ並んで歩く。男の子が何かを見ようと立ち止まるたびに、二人も足を止めた。彼女はリースに手を取られ、そのやさしい握り方に、めくるめくスリルを感じた。

厩舎の中の馬をみんなで見て歩き、リースが一つの馬房から自分の栗毛《くりげ》の去勢馬を引きだした。そしてボビーをその大きな馬の裸の背に座らせ、用心深く息子の脚に手をかけて、厩舎の通路を馬に往復させた。ボビーは赤っぽい鬣《たてがみ》をつかんで、乗馬の一瞬一瞬を楽しんでいた。

それが終わるとリースは息子を抱き下ろして地面に立たせた。ボビーはたちまち泣きわめいて抗議した。

「のんの、のんの！」大粒の涙が紅潮した頬にほとばしり落ち、あきれるほどの癇癪《かんしゃく》を起こして小さな足で地団駄を踏む。

リースとリアは仰天して目を見交わし、笑いをかみ殺した。リースが背筋をのばして肩を怒らせ、わざと怖い顔で小さな息子をにらみつけた。

「ボビー、よしなさい！」

低い声に込められた鋭く威厳のある語気に、ボビーははっとしたらしい。小さな子がふいにおとなしくなり、目を真ん丸にして背の高い父親を見上げる姿にリアは胸が締めつけられた。

「そう、それでいい。こっちへおいで」リースは手をのばして子供を馬に近づけた。「ボスにおやすみを言いなさい」

ボビーは愛らしい手を上げ、小さな指を振ってみせた。「おやちゅみ」

大きな馬は鼻先を突きだして、なま暖かい息をボビーに吹きかけた。ボビーは嬉しそうに笑い、馬の大きな顔に熱心に手をのばした。

「のんの！」

リースは息子を押しとどめて低い声で言った。「今夜はもうおしまいだ。ぽんぽんと叩《たた》いておやり。それからもう〝おやちゅみ〟させてやろう」

リースが低く太い声で、ボビーの〝おやちゅみ〟を繰り返すのを聞き、彼女は思わずにやにやしてしまった。だが次の瞬間、胸に愛情がこみ上げてきて、目頭が熱くなった。

涙にかすむ目で眺めると、リースが馬の鼻面にボビーの手を根気よく持っていってやり、やさしく二、三度なでさせている。

「おやちゅみ、おんまちゃん」ボビーがいやに厳粛な声で言った。リースが彼女ににっこりしてみせた。

ボビーがおやすみをあんなに厳粛な声で言ったのは、自分のおやすみの時間も近いと感づいたからではないかしら。そう思いながら、彼女はリースがボビーを厩舎の通路の向こう側に立たせてやるのを眺めていた。

「ここから動くんじゃないよ」穏やかな厳しさでボビーに言いおくと、リースは大きな馬に向きなおって馬房に連れ込んだ。

馬が馬房に収まり、リースが出てきて馬房の戸を閉めるまで、リアはボビーが言われた場所から動かないように見守っていた。それからリースは、駆け寄ってきたボビーを抱き上げて肩車した。

三人は一緒にランチハウスに向かった。ボビーは馬に乗った興奮がまだ冷めやらず、片言のおしゃべりを続けていた。裏のテラスに着くと、リースは息子を肩から下ろした。それからリアと一緒に裏庭の幅の広いベンチ式ぶらんこに座った。ボビーはいくつかのトラックのおもちゃで遊びだした。

リースが彼女の肩に腕をかけて脇《わき》にぴったり引き寄せた。しばらくすると左手を取り、その指をやさしいまなざしで調べはじめた。

「指輪すら買ってあげていなかったんだ」

思いがけない言葉にリアはたちまち気詰まりを覚え、彼を見られなかった。

「あなたは、あのころそれどころではなかったから。私たち二人とも」

「僕のために言い訳してくれなくていいんだよ、リア」

リースへのいとおしさがこみ上げ、彼女はつい自由なほうの手を上げて、彼の手の甲に重ねた。そして黒い瞳をのぞき込んだ。

「私は私のしたいことをするわ」穏やかに、けれどきっぱりと言う。「それに十一カ月前は、指輪なんて問題ではなかった。ほかのすべてのことを処理するだけでも大変だったんですもの」

リースがひどく険しい顔になり、二人の握り合った手を見下ろした。そっと彼女の手を握り締め、低く重々しい声で言う。

「手抜きはもうおしまいだ。指輪のことも明日なんとかしよう」

彼のやましさが感じられ、リアはむしろ辛《つら》かった。「お願い、リース。私たち、別に気には……」

「僕は気になる」覆いかぶせるように言い返してリースは彼女を見た。「これは一生の問題だ。きみが僕には何も感じられない、これから先も感じられるとは思えない、と言えるなら別だが」

ふいに沈黙が訪れた。リースが答えを待っている。彼女は追いつめられたような気分になり、頭の中で言葉を探した。

「そんなこと言えないわ」ようやく答えたが、彼から目をそらせなかった。もっと遠回しに言うつもりだったのに。思っていた以上に心の内をさらけだしてしまったみたい。リースに気づかれなかったらいいけれど。息を詰めて見守ったが、じっとこちらを見ている様子からすると、気づかれてしまったみたいだ。彼女は顔をそむけた。

「では、明日指輪を買いに行こう」そこで、その話は打ち切りになった。

「ボビーのお風呂の時間だわ」取られた手を引いて彼女は急いで立ち上がった。

動きの一つ一つを見られていると感じながら、リアはボビーがおもちゃのトラックをベンチの下の箱にしまうのを手伝った。ボビーが、家とは反対側のテラスの端の方にとことこと駆けだし、彼女から逃げていこうとした。リースがそれを途中でとらえ、体をくねらせていやがる息子を脇の下にフットボールのように抱え込んだ。そして、彼女がキッチンのドアを開けるのを待って家の中に入っていった。

二人ともボビーに直接には、お風呂とか寝るとか言わなかったが、寝室への廊下に入るころにはボビーはいつもの抗議を始めていた。

「おぷろ、いや。おやちゅみ、いや」

リースはおもしろそうに笑った。「お風呂に入らない汚い子はベッドに入れられないよ」

「おやちゅみちない！」

ボビーの寝室まで来ると、リースは息子をまっすぐに立てて抱きなおした。カーペットの上をバスルームに向かう二人をリアは追った。

二人がかりで服を脱がせて、おしめを外す。リアが小さなスニーカーを持って、散歩の途中でついた泥をはたき落としに行くと、リースがボビーの入浴を受け持った。彼女は子供の汚れた服を大型バスケットに入れ、リースがボビーを湯船からマットの上に上げるのを、ふわふわのタオルを持って待った。

たちまちボビーは体を拭《ふ》かれ、寝間着を着せられていた。そして、いまは眠気と闘っていたが、二人におやすみのキスをし、愛らしく二人を抱き締めた。リースと一緒にリアはボビーをベッドに寝かしつけて廊下に出た。

リースの楽しそうな視線が彼女の視線と合った。「遅くなる前にマギーに電話をしたほうがいい。僕は書斎でやってしまわなくてはならない仕事が二つばかりあるから。それがすめば寝られるけどね」

彼の言葉の下には別のメッセージがあり、艶《なま》めかしいほのめかしをリアは感じた。するとたちまち、今日の午後に彼が言っていた言葉が思いだされ、頬がかっと熱くなってきた。午後キッチンで彼が見せた、男の激しさのようなものをそれからは見ていない。そして彼女の緊張感も潮が引くように薄れていた。いまそれが舞い戻ってきて、同時に、恐れと興奮の入りまじった期待感がわき上がってくる。

まだそれほどの親密さには早すぎるみたいだけれど、たまらないほどの魅力を感じてしまう。この二日ばかり二人が分け合ったものの、ほんの二つか三つさえ持てると思っていなかったのに、なおいっそうのものを望んでしまうのだ。リースだって、体だけ結ばれて心はまったく関係ない、なんてことはないでしょう?

「何かまずいことでも?」

リアは上の空で首を振り、作り笑いを浮かべてみせた。

「マギーに電話するのが気が重いのかもしれないわ」まるっきりうそでないことを思いついてほっとする。「この数日、彼女とは話をしていないし、いままでにボビーの世話を頼んだこともないでしょう。ふだんお願いするのは、町でデイケアの仕事をしているマリーだから」

リースは探るような視線になったが、彼女の釈明は受け入れたようだった。

「それなりの手当を支払って、このうちで定期的にボビーを見てもらえるかどうか、きいてみるのもいいかもしれないわね」

「それはいいアイデアだ」

二人は別々の方向に分かれた。リアは一人になることができてほっとした。電話をすると、マギーは、自分も同じように朝早く起きて主人の朝食を作るので、お望みのときにいつでも早朝からお宅にうかがってボビーの面倒をみますと、快く引き受けてくれた。そして、手当をもらって定期的にボビーの面倒をみることにもとても興味を示してくれた。それについては考えてみたいとは言ったけれど。

マギーは一年のいろんな時期、とりわけ、牛や馬の出産期には、臨時雇いとしてしばしば牧場の仕事を手伝ってくれるのだった。本職はキルト作りで、地元の4Hクラブへの奉仕にも多くの時間を割いている。彼女と夫のジムの間には、すでに大きくなって独立している、二人の息子がいる。だから男の子に対しては経験豊かで、ボビーとはすばらしい取り合わせになりそうだった。

リアはボビーが確かに寝入ったかどうかチェックしに行ってから間のドアに近づき、静かな主寝室に入っていった。スタンドをつけ、つい大きなベッドをちらっと見てしまう。すると、緊張が急に数段階も高まった。

## 9

リアは歯を磨いて、初めて主寝室のバスルームでシャワーを浴び、ネグリジェを着て、長い髪を乾かした。そんなことで音をたてていたので、リースが寝室に入ってきたかどうか聞こえなかったけれど、たぶんもう入ってきているだろう。彼はよくそうするように今夜も夕食前にシャワーを浴びたし、時間も遅くなってきている。二人とも朝は四時過ぎに起きるので、九時に寝るのがいつもの習慣だった。

バスルームの明かりを消して出ていくと、リースはベッドに入っていたが、まだ横にはならず、背中とベッドのヘッドボードの間に枕《まくら》を入れてもたれていた。株の雑誌を持ってきて、それをぺらぺらめくって見ていたが、黒い瞳を彼女に移し、真剣なまなざしになって、まず顔を、次に髪をじっと見つめ、それから全身にゆっくり目を走らせた。

「さっき、きみと一緒にここに来ればよかった。その髪を下ろす光栄にまだ浴していないから」大きなヘッドボードに頭をもたせかけ、物憂げな視線を彼女に向ける。「そういうチャンスはまたすぐにいくらでもあると思うけど」

彼女は顔を赤らめずにはいられなかった。リースの広くたくましい胸や引きしまった腰をつい見つめてしまい、視線を外すのがむずかしくなる。リースが雑誌をナイトテーブルに置き、彼女の側のベッドカバーとトップシーツをぱっとはがした。無言の誘いだった。彼女はベルトをほどいて部屋着を脱ぎ、ベッドの足元にかけた。

静かな部屋は、期待感が少しずつたまって空気が重苦しくなってきていた。黒い瞳が彼女をむさぼるように見ている。今夜はただのマッサージだけでは終わらないだろう、と暗黙のうちにもわかる。ゆうべはあまりにも早く寝入ってしまい、愛の行為が始まりそうなときはもう彼の横でぐっすり眠っていたのだけれど。

だが、今夜は目覚めているだろう。不安な胸の鼓動の一つごとに、みぞおちの辺りがかたく締めつけられる。リアはベッドに入り、カバーを引き上げた。リースも体をすべらせて横向きに寝そべり、頬杖《ほおづえ》を突いて彼女を見下ろす。もう一方の手が彼女の腰にかかり、ささやく声がかすれていた。

「きみの心臓が一秒間に百万回も打っているのが感じられるよ、リア」

そっと探るような視線から彼女は目をそらした。体がこわばって感じられ、ばかげているものの、彼に触れていいかどうかわからず、おなかの上できちんと手を組んでいた。

「私、こんなに緊張するつもりはないんだけど」照れくささから引きつった笑みを浮かべてしまう。「どうしていいかよくわからなくて」

「どうしたい？」

その問いはなぜか心に深く入ってきて、リアは途方に暮れた。怯《おび》えてしまい、止める間もなく言葉が口をついて出ていた。「私、こんなに緊張しないで、自分を解き放しても安全だと感じたいの」いったんそう言ってしまうと、あえぐように息を吸い、あとは一気に吐きだしていた。「私、間違った選択をしたくなくて。こんなことをしたら、大変なことになるのではないかと怖いの」

これほど重大な告白は恐らく生まれて初めてだっただろう。最初の部分がどんなに簡単に口から出てしまったか、そして、あとのことも言ってしまおうと決めるのがやはりどんなに簡単だったかに気づいて、彼女は少しショックを受けた。

腰にかかっていた手が外れ、上気した頬を愛撫《あいぶ》され、軽く触れられただけなのに、うずきが次々と全身を走る。

「大変なことはもうおしまいだよ。きみも僕も」

黒い瞳の真剣さにはとても説得力がある。抗《あらが》いようもなく、その虜《とりこ》になってしまいそう。

「僕たちはずいぶん長い間、手も触れないような関係だった。それを変える時期だよ」

黒髪の頭が下りてきて、ひんやりした唇が彼女の唇にそっと触れた。そして彼女からの何かのサインを待つように、ほんの心持ちリースは体を引いた。彼女は両手を上げ、手のひらと指先を相手の裸の胸にためらいがちに添えた。

リースの全身に震えが走るのが感じられ、唇がしっかり合わさって、腕が体にまわされてくる。キスは長く激しく、あまりにも貪欲《どんよく》で、彼女はそれにのみ尽くされてしまいそうだった。思わず奔放に反応してしまい、大きな手でやさしく胸のふくらみを包まれたときは、震えを抑えられなかった。それでも、合わさっていた唇がはなれたとき、失望のうめきをもらさないだけの理性はまだ残っていた。

唇が彼女の髪にしっかり押しつけられ、熱い息が耳にかかった。

「やめてと言ってごらん、リア」声がかすれていた。「さあ、早く、ベイビー」

そう言おうと口を開いたが、言えなかった。怯えと欲望、いままでずっと満たされずにきた渇きが一つになり、この男性だけに、何年も愛し続けてきたこの男性だけに、向けられる。将来への消えない懸念が、いまは遠くに感じられ、それを抱きつづけるのに倦《う》み疲れた心がふと安堵《あんど》を覚えた。

彼を公然と愛し、そして彼からも愛されたい。ずっと抱きつづけていた憧《あこが》れが、手をのばせば届きそうな近くに感じられる。少なくとも、彼を公然と愛するほうの憧れは。彼から愛されること、本当に愛されることは、相変わらず不可能に思えるけれど。

それに愛の告白はまだ二人の口から一度もささやかれていない。いつかそのときが来るのかしら？

「やめてと言ってごらん、リア」かすれた声で彼が繰り返す。

すべてにはタイムリミットがあるという唐突な思いに、鋭い不安が彼女の体を貫いた。リースはこの結婚をずっと続けていこうとは言ったけれど。私に訪れたすばらしいことの多くにはタイムリミットがあるように思われる。それも、とても短いタイムリミットが。

生涯続くはずのほかのすばらしい事柄、とてもとてもすばらしい事柄――中でも最大のものは、親子関係や結婚だが、私の場合、両親は私を育てたり、連絡を取りつづけたりする責任を望まなかった。

結婚も――すてきで安定しているように思われる結婚ですら――びっくりするほどしばしば終わってしまう。リースとレイチェルのあんなにすてきな結婚も唐突に痛ましい終わりを迎えてしまった。命そのものも、あまりにも唐突に絶たれてしまう。

手に入れられるかもしれない、そしていままでは代用品で我慢するしかなかったすべてのものへの激しい欲求が、やめての一言を口にできなくしてしまう。リースとの貴重な日々もいつかは終わるという思いは強烈で、欲求がなおさら強まってくる。

肉体的にこれ以上ないほど彼に無力になってしまうという恐怖さえ、ふいに彼女をばかな真似《まね》から守るほど強くはなくなった。すべてが明日終わろうと、一週間先、一カ月先に終わろうと、なんとか一年もとうと、いませめてこれだけはほしかった。肩に熱く荒々しいキスがしるされ、まぶたの裏が涙でちくちくしてくる。

顔をそむけて彼の首筋にキスをする。その肌は驚くほど滑らかだった。両手が、自制がきかないかのように、彼の体をせわしなくまさぐる。彼女の名前をうめくようにつぶやく間だけ、リースが顔を上げた。

「リア?」

それは最後のチャンスだったが、彼女は無視してしまった。そして無我夢中で、せっかちにつぶやいていた。「愛して、リース、お願い」

それに続く静寂を破るのは、柔らかな布地を走るたこのできた手のひらの音、目の細かい綿布に体が触れて起こる音、荒い息づかいと静かな吐息だけだった。魔性の力を持つ愛撫が、まるで責め苦のように、与え、与えられる。

ネグリジェがするりと脱がされ、豊かな黒髪がかき乱されては、手でなでつけられる。絹のような肌が、毛のざらつく肌にやさしく触れる。本能が理性に取って代わり、何が彼を喜ばせるか体が覚えていくにつれ、小さな手がだんだんに自信を持って動きだす。

多くの熱烈なキスと巧みな愛撫が、このうえなく深く、このうえなく本能的に二人を一つにし、息をのむような高みへと舞い上げる。光り輝く、耐えられないほど心地よい世界で、すてきな何秒間か漂ったあと、二人は地上へひらひらと落ちてきて、大きな寝室のほの暗い静けさの中に着地した。

最後の物憂いキスがゆっくり交わされると、満ち足りた倦怠《けんたい》感に圧倒され、肌と肌を合わせて二人は横たわった。リアはたちまち深い睡魔に襲われ、考えなおすことからも、後悔することからも免除され、これまで自分がそんな気持ちを持ったことさえ忘れ、眠りの世界に引き込まれていった。

リースは夜中に目覚め、二人とも明かりすら消さなかったことに気づいた。そしていまさら消そうともしなかった。

小さな体を包み込まんばかりにしていた体を少し引いて、彼はリアの寝顔を眺めた。頬が上気し、美しい髪が乱れて広がっている。そのひと房を親指と人差し指で挟んで、指の間でやさしく転がし、絹のような感触を味わう。

リアとあまりにも早く頂点に達してしまい、彼は自分が利己的な人でなしのように思えてきた。だが、小柄なリアの体がこちらに触れている感触はとても心地よく、これでよかったのだとも感じられてくる。そしてまたもう一度と求めてしまいそうになった。今度は待つことができたけれど。

リアへの欲望が昨夜、レイチェルへの思いを頭からすっかり追いやってしまっていたことに気づいて彼は少しショックを受けた。いまのいままで、レイチェルのことなど思いだしもしなかった。彼女の赤毛やグリーンの瞳を頭の中で探ってみても、何も思い描けない。冷たい喪失感が体を貫き、それが胸に集まる。

しかし、打ちひしがれそうな悲しみは、予想に反して襲ってこない。やましさも申し訳なさもない。代わりに彼の頭は、リアの美しい目にまぶたがうっとりと重たげに下がってきた光景を呼び起こしていた。静かなリアの息遣いを聞いていると、先日の夜、疲れすぎて気むずかしくなったボビーをあやしていた彼女の声が思いだされてくる。その声は前にも聞いた覚えがあるのに、あの日の夜ほど心に響いてきたことはなかった。

リアの生来の落ち着きや心のやさしさが彼を慰め温めてくれる。それを感じたとたん、心の奥深くで何かが動いたような気がした。するとたちまち、レイチェルへの哀惜の念はどこかにしまわれ、胸にわだかまっていた冷たさが引いていくのが感じられた。

そのときリアが身じろぎし、熟睡はしているのに、眉を寄せて落ち着きなく動いた。彼は抱擁を緩め、リアが寝返りを打って向こうむきになるのを待った。ベッドの彼女側の空いた所に腕を投げだし、手首から先をマットレスの端から外にだらんと垂らしている。

柔肌を見せた愛らしい姿に微笑がもれる。目覚めて、こんなにも多くを一度に見せてしまったことを知ったら、彼女は全身が火のように赤くなるだろう。自分の妻が昨夜までだれにも肌を許していなかったことが彼は嬉《うれ》しかった。彼が初めての男だったのだ。これから愛の行為のときにリアが示すどんな仕草も、昨夜の彼とのことから始まったのだ。そう思うと謙虚な気持ちになるのだった。

リアを自分のものにしたいという打ちのめされそうな欲求にもかかわらず、彼女を最大の気遣いで扱ってよかったとふいに思えてくる。少しせっかちに求めすぎたかもしれないが、それほど後悔しているわけではない。リアはもう彼から簡単にははなれていかないだろう。あれほど無力なまでに自制のたがを外して応《こた》えてくれたのだから。それにリアのような女性は、結婚を永遠に続けようと望まない限り、昨夜のようなことが起こるのを許しはしないだろう。

〝愛して、リース、お願い〟

愛という言葉を使うつもりだったから、ああいう言い方をしたのだろうか？　それともセックスを愛の行為として表現するほうが口にしやすかったからだろうか？　リアはこれまで粗野でがさつな言葉を口にしたことはないだろう。だから自然にセックスの意味で愛という言葉を使ったのかもしれない。二人がしたことが単なるセックスよりは愛であることを、彼女ならきっと望むだろう。

そして彼女は、思いだす限りずっと、いつもこちらを警戒していた。しかし〝愛して〟と言ったあのときだけは警戒心を捨てていた。

静かな気分が全身に広がってきて、リースはリアの背中に寄り添いたくなった。彼女の腰に腕をかけて顔を上げ、何もまとっていない肩にゆっくりキスをする。それから彼女の枕に頬をつけ、目を閉じた。ぐっすり寝入ったのだろう、目覚まし時計の鳴るずっと前に彼女が腕の下から抜けだしていったのにも気づかなかった。

昨夜は二人とも、二度目のコーンケーキを食べるのを忘れていた。リアは、マギーが翌朝ボビーを見てくれることになり、二人で乗馬に出かけられるとリースに伝えるのもすっかり忘れていた。

彼女はリースを起こさずにベッドを抜けでることができ、急いでシャワーを浴びて服を着た。それから震える手で髪を三つ編みにした。いつものようにアップにしていればステットソン帽がかぶりにくいだろうし、乗馬の間、肩に流しておくには長すぎる。

彼女は髪のことでやきもきし、薄化粧が望みどおりにできるようにいつもより気を遣った。それが終わると、その朝のために選んだブルーの長袖《そで》ブラウスの裾《すそ》をズボンにたくし込もうとして、うまくいかずに、やりなおさなければならなかった。

くだらないことをいろいろ考えてみたり、ちょっとした仕事にやけにこだわってみたりしても、完全には落ち着けない。今朝リースと顔を合わせるのを自分がどんなに心配しているか、あまり考えないようにするのだが、惨めにもそれに失敗してしまうのだった。ようやく少し落ちついて、バスルームの洗面台の端をつかんで顔を上げ、シンクの上の大きな鏡に映った自分の姿をつくづく眺めてみた。

これまでこの世のだれも、昨夜のリースとのときのように私が振る舞うのを見た人はいない。私があんなに奔放になれると、たいていの人は思いもしないだろう。私自身さえ想像もつかないほどだった。いまも、その名残が少しでもないかと顔を探ってみても、何も見えない。彼女は目を閉じ、あのときの感触を思いだした。自制を完全に失い、自ら進んで求めていった、恥知らずなまでの激しさを。

肉体的な関係がどんな秘密を暴くと彼女が考えていたとしても、慎重な慎みや自制のひとかけらまでもはぎ落とされ、まさかと思うほどのものまでさらけだしてしまうとは予想もしていなかった。そしてリースに示してみせられるまで、自分がどれほどまでに無力になってしまえるかも。

今朝彼は私のことをどう思っているかしら?

確かに昨夜は、彼はなんの不満も抱いていなかったようだ。でも、何カ月も禁欲を続けたあとなのだ。それがふいに終わったことにそんなに不満のあるはずはない。

しかし、いったん肉体関係を結ぶと、その女性に興味を失う男の人が多いのもまた事実だ。それに、あまりにも早く、あまりにも安易に体を許す女性は、軽んじられがちだ。

この結婚で二人がしたことは、ほとんどすべて自然の順序から外れていた。今度もまた、ノンセックスの本当にいい関係を発展させる前に、男と女の関係を結んでしまった。リースと少しでも親しくなれるほうがいいと昨夜考えた理由が、いまはとてもばかげて思えてくる。この結婚を成功させる小さなチャンスを私は破滅の運命に向かわせてしまったのかもしれない。

それに私はあまりにもうぶだった。ゆうべは私ほど彼は夢中になっていなかったかもしれない。そうだとしても少しも不思議ではない。

そういう煩悶《はんもん》から、避妊への心配――この場合はそれをし忘れたということだけれど――へと考えが移ったとたん、リアはもうあと一秒も懸念や不安に耐えられないと思った。

バスルームから出ていくと、リースがブーツを履きおえるところだった。こちらに向けた黒い瞳にたちまちやさしさが宿るのを見て、彼女は緊張がかすかにほぐれるのを感じた。

彼が身を起こしてまっすぐにやってきた。

「マギーが今朝坊やを見てくれることになったらしいね」彼女の腰に両手をかけ、かがんでそっとキスをする。

朝の挨拶《あいさつ》に胸が喜びに震え、彼女は両手を反射的にリースの胸板に当てていた。あんなに心配してばかみたいだ。

「どうしてわかったの?」

「髪を三つ編みにしているから。きみが花の世話をする日は帽子をかぶるからいつもその髪型にしているだろう? 今週は花の手入れはもうしなくていいはずだから、僕と乗馬に行くんだろうと踏んだわけだ」彼はにっこりした。「少なくとも希望的観測では」

リースが世界でいちばん自然なことのように彼女の腰に両腕をまわす。彼女は彼の胸に当てていた両手を上にすべらせ、がっしりした広い肩に載せた。

「そんなことまであなたが気をつけて見ているとは知らなかったわ」静かな声で言う。

「この数週間は、そうなんだ。だが、この二、三日はそれを覚えようとしている」

リースが身をかがめてまたキスをした。手が下にすべってきて彼女をぴったり抱き寄せる。キスは熱っぽく、リアはまた奔放さがどっと戻ってくるのを感じた。自制するのは大変だったけれど、さっきあれほど後悔に苦しんだあとなので、そうできると示すことは、少なくとも自分にとってはとても大事だった。それでもなお一線を越えそうになるのを感じてはいたけれど。

キスがわずかに緩み、口元で彼がうなるように言う。「ああ、ダーリン、朝食にきみを食べるというのはどう?」

せめて一片の分別にでもしがみついていようとするのだが、それさえむずかしくなってくる。唇が顎に沿って下がってきて、耳のすぐ下の首筋を軽くじらすようにかまれ、筋道の立った考えができにくくなった。

「マ、マギーは六時には来られると言っていたけど」ようやくのことで言う。

ゆうべ、肌と肌を合わせたときの感触を、がっしりした体に抱き寄せられながら思いだすのは、とてもすてきな感じだ。温かい息に耳をくすぐられ、耐えられないほどの快感にかすれたあえぎをもらしてしまう。

「どこかへハネムーンに出かけなくてはね」リースの声もうわずっていた。「仕事もなし、人もいない、なんにもない。あるのは、お互いだけ」

「ボ、ボビーはどうするの？」感じやすい箇所を舌先で触れられてたじろぎながらも、リースの提案とそれが意味することに胸が喜びでぴくんとなり、息を弾ませて尋ねる。

「ママ」タイミングを計っていたかのように、隣の部屋の半分開いた戸口から、機嫌のいい幸せそうな声がした。

リースが緊張した低い笑い声をたてた。「早起き鳥さんがいるようだ」

名残惜しそうにリースが彼女の頬にキスをし、それからきっぱりと、心持ち体を引いた。黒い瞳は伏し目がちで、まぶたが物憂げだった。リアは両手を滑らせて彼の胸までおろし、自分でも少し後ずさった。だが手をつかまれ、ほんの数秒握りしめられた。すぐに、ボビーの呼ぶ声が邪魔に入った。今度はいらだっていた。

「ママ」

「ボビーを見てやってくれないか、ママ？　その間に僕は髭《ひげ》を剃《そ》るから」彼が身をかがめて、素早くしっかりキスをし、それからまるで未練たっぷりというように手をはなした。リアは彼からはなれて、境のドアに向かった。脚には心地よい脱力感が残っている。

それでも、宙さえ舞えただろう！　リースがいま私を見たような目で、男の人が私を見るなんて、想像もしていなかった。まるで私を愛しているかのように！

興奮と期待と幸福感が身内で強く渦巻き、ボビーに着替えをさせながらも、まるで空中を漂っているような気分だった。やがてリースがタイミングよく現れて、ボビーを抱き上げ、三人はキッチンに向かった。

朝食が終わり食器が片づけられたころ、マギーがやってきた。ボビーは残されることに反対はしなかった。マギーが持ってきた、ふくらませられる特大ボールで早く遊びたくてたまらなかったのだ。

早朝の空気はすでに暑かったけれど、申し分のない朝だった。リースは彼女のために美しい黒の雌馬を、自分には大きな栗毛《くりげ》を選んだ。牧場の建物からそう遠くない小川の一つに行く予定だった。リアがまだ乗馬になれていないので、できるだけ短い距離でのんびりと行ける所でなくてはならなかった。

「無理してあとでこたえるといけないから」計画を話してから、リースはきっぱり言った。

彼女は納得したものの、鞍《くら》は自分でつけると言い張った。長い間やっていないので、時間はかかったが、リースはいらだった様子も見せずに待っていた。そして終わると、鞍帯が きっちり締まっているかどうか確かめた。驚いたことに、彼がなれた手つきで鞍帯を引っぱると、一度で十五センチ近くもたるみが出てきた。あまった分をしっかり締め、彼は鐙《あぶみ》を垂らした。

二人が馬に乗り、柵《さく》囲いの間の小道の一つを縫って進みはじめたとき、彼女はリースの方を見た。

「ホイットの所に明日行くかどうか決めました？」

リースがきらきらした目を向けてくる。「喜んでお供するよ。悪かったね、気をもませて」

リアはにっこりした。今朝は別世界に足を踏み入れたみたい。とても美しく完璧《かんぺき》な世界で、まるでふいに彼女の夢のすべてが叶《かな》えられたかのようだった。

その完璧さが気になりだしたのは、小川から家に戻りはじめたときだった。後ろめたさの黒い巻き髭がこっそりと先をのばしはじめたのだった。その中でも最悪なのは、レイチェルへのやましさだった。けれど、まだそれに直面する気にはなれなかった。いちばん急を要し、いちばん白状してしまわなくてはならないのは、避妊の問題だった。

それは、話し合っておくべき問題だったし、昨夜よりずっと前に考えておかなくてはならなかったのだ。でも、手を触れようともしない夫と結婚しているとき、ピルは必要ない。それに、リースの子供を身ごもるというのは、決して望ましくないことではなかった。ボビーをとても愛しているから、彼に妹か弟を作ってやりたかったのだ。せめて妹と弟を一人ずつ。彼女やリースのように一人っ子ではボビーがかわいそうだった。

リースは、彼女との間に子供が何人かほしいと一度言ったことがあるけれど、いまもそうなのか確かめなくてはならない。それに二人の結婚がそうだったように、妊娠もまだ早すぎるかもしれない。となると、何か避妊対策を講じなくては。彼がこちらを向くのを待って、おそるおそる話を切りだしてみた。「私との間に子供を持つのに反対でないと、何カ月か前におっしゃっていたわね」いったん言葉を切り、そして先を続けた。「それはまだ変わっていない？」なんて答えるかしら、と思わず息を詰めてしまう。

黒い瞳がおもしろそうにきらっと光った。「ゆうべ、できてしまったみたいなのかい？」

リアは肩からほっと力を抜き、首を横に振った。

「時期が外れていたから。でも、薬を処方してもらうまで、何かを使わなくては」

リースがいかつい顔を引きしめた。「僕が妊娠したら、君は結婚してくれるかい？」

突飛な質問に、リアはくすくす笑ってしまった。リースがにっこりした。「僕なら危険の伴う暮らしは平気だが、身重に九カ月耐えていかなければならないのはきみだから。いつ子供を作るかはきみが決めればいい」彼女の手を取り握りしめる。「だから、答えはイエスだ。僕はもっと子供がほしい」握っている指に力が入った。

リースが馬を雌馬に近づけて身を乗りだし、彼女を引き寄せて素早くキスをした。唇が触れたとたん、彼女の体に興奮の稲妻が走った。胸にぐっとこみ上げてくるものがあった。リースが体を引いて手をはなしたあとも、そのこみ上げてきたものはまだ胸につかえていて、目がちくちくしだした。

本当に私は今朝、美しい別世界に入ったのだわ。安堵と感謝と喜びはほとんど耐えがたいほどだった。

しかし、まだ二人はお互いに愛という言葉を口にはしていない。私のほうは、リースをこんなにも愛していなければ、彼のためにしたことや、彼と共にしたことの何一つできはしなかったけれど、彼は私を愛していなくても、いままでに言ったりしたりしたことすべてができるかもしれない。感謝とか友情とか好意とかで。彼が自分の気持ちをはっきりと言ってくれない限り、私にはそれを確かめるすべはない。

こんなばかなことをくよくよ考えるのはよしたほうがいいかもしれない。リースは、彼にとって私が大事な人で、私に好意を持っていると、いろんな形で示してくれている。愛する人についに好意を持たれ、そっぽを向かれないようになっただけでも、どれほどありがたいかしら。そう考えたとき、彼女は自分が貪欲になりすぎているのに気づいた。

私との結婚を続けていきたいという意思をリースは懸命に示している。なぜそれ以上のことを彼に期待できるだろう？

つい数日前までは、二人の間はまるで死んだようで、幸せになるには離婚しかないと思っていたのに。それから、地球がその地軸を移動しただけでなく、北極と南極が入れ替わり、夜が昼と場所を変え、仲違《なかたが》いに近い冷たさが、お互いへの欲望と仲間意識という心地よい暖かさによって追い払われたのだ。

リースはまだレイチェルを愛している。あんなに深くて強烈な愛のスイッチをあっさり切ったり、レイチェル以外のだれかほかの人を愛していることにふいに気づくなどということを彼に期待したりできるわけがない。いずれにしろ私は、彼がレイチェルと結婚したときだって、彼への愛を断ち切れなかったのだから。

リースがその心の中に、私だけの小さな場所を作ってくれたことだけは確かだ。そのことを忘れないようにして、それで十分だとしておけば、愛の告白などという法外なものがなくても生きていける。

けれど私はいつまで、彼への愛の告白という、とんでもないことをしでかさずにいられるかしら？

# 10

リースは指輪を買うと頑《かたく》なに決めていて、二人が家に帰り、マギーも自分の家に帰っていったあとすぐに、リアをサンアントニオに連れだした。ボビーはマリーが町で預かってくれたので、二人は自分たちだけで、買い物に出かけることができた。

目についた中でいちばん豪華な、恐らくいちばん高い指輪をリースが買おうとするのを彼女はかろうじて押しとどめることができた。彼のためにも結婚指輪を買うと言い張って巧みに気をそらしたのだ。

「僕は指輪ははめない」にべもなく言われたが、彼女は引き下がらなかった。仕事で指を切り落としてしまうかもしれないから、という彼の言い訳には、そうなれば指輪はポケットに入れておけばいいでしょう、と即座に反論した。

リースがついに折れ、よさそうなのをいくつか選んではめてみはじめたとき、彼にはどうしても結婚指輪をはめさせられなかったとレイチェルが言っていたのをリアは思いだした。リースがいま、彼女の望みは聞き入れてくれたことは嬉《うれ》しい驚きだった。

やがて、これ以上ないほどのすてきな指輪をリアは見つけた。それは美しくエレガントだったが、レイチェルのほど派手ではなかった。二人の意見が食い違ったのは、いざ支払いの段になって、あなたの指輪の分は私が払うと彼女が言い張ったときだった。いつもつましく暮らしてきたので、まだ預金を――指輪の代金を支払えば、かなり減るとしても――持っていた。そして、これは指輪交換なのだからとその諍《いさか》いに彼女は終止符を打ったのだ。

二人はサンアントニオのすてきなレストランで昼食をとってマリーの家に向かった。ボビーは、二人がマリーの家に迎えに行くころには、昼寝をすませ、帰る支度ができていた。リアの心は満ち足りていた。いま感じている静かな喜びは恐らくいままで最高のものだっただろう。二人が共に過ごす一瞬一瞬はこのうえなく甘美で、お互いの高まっていく親密さに彼女は酔いしれた。二人が本当につながっているという感覚にリラックスし、楽天的になり、彼になんでも打ち明けられそうな気になった。

どれほど彼を愛しているか告げたくてたまらず、そうしないように懸命に努めなくてはならなかった。愛の告白をこちらが先にしてはならない。それだけで思いとどまっているのだが、自分の言葉をガードするのがすでにむずかしくなってきていた。

そして皮肉にも、レイチェルへのやましさが声をあげはじめるのは、彼に愛の告白をしないでいるのがどんなに困難かを考えるときだった。

彼へのこんなにも深い愛と、昨夜の自制と分別の完全な喪失から見て、夢中になった瞬間に何を口走ってしまうかわからない。彼女はふいに本当に心配になってきた。

単に愛していると言うつもりが、うっかり正直に、前から愛していたと言ってしまうかもしれない。リースは最近、何一つ見のがさないようなので、当然、前からとはいつからだろうと思うか、悪くすると、いつからだときいてきかねない。

彼を愛しはじめたのは、高校の最高学年に入ろうとする夏からだった。その当時一緒に暮らしていた里親が、リースと同じ地域に小さな牧場を持っていたので、彼に会う機会が多かったのだ。

彼女より七つ年上のリースはすでに、前の年に亡くなった父親の跡を継ぎ、ウエイバリー牧場のオーナーとして、その責任を一手に引き受けていた。それに比べ、彼女は十代のまだ小娘にすぎなかった。けれど、ほとんどの人が目にも留めないような、やぼったいそんな小娘に、リースはいつも暇を見つけては何かとやさしく声をかけてくれたのだった。

そして、人の関心にいつも飢えていた彼女はすっかりリースにのぼせあがってしまったのだ。しかし、その気持ちは、初めのころに一度レイチェルに打ち明けただけで、からかわれるのを恐れ、その後は二度と口にしなかった。そして、リースを一目見るためにだけ生きていたようなものだったが、その本人に対しては超然としているように見せようと、涙ぐましいほどの努力をした。

リアとレイチェルが二十歳になったとき、リースはレイチェルとつき合いはじめ、たちまち深い仲になり、あっという間に結婚してしまった。リアはひどく打ちのめされたが、その打撃となんとか折り合いをつけることができた。

いずれにしろ、リースが私に恋したり、ましてや結婚などするわけがないのだからと。そして、自分のいちばん愛している二人がお互いに愛し合っているのを喜ぶことにした。リースへの愛は断ち切れなかったけれど。そしてそれを、いちばんの親友への裏切りと考え、彼女はずっと後ろめたさに苦しんできたのだ。

リースへの彼女の気持ちは、いわゆる不倫の定義には当てはまらないだろうが、それでも良心の痛みからすると、根っこでは不倫と通じるものがあったのかもしれない。

とりわけ、レイチェルが亡くなり、リースに求められるままに、彼との結婚のチャンスに飛びついてしまったのだから。そのことの重みと、彼が参っているときにつけ入ったというやましさに、彼女はふいにいたたまれないほどの不安に襲われた。

すべてを話してしまうべきかどうか、その日の午後から夜にかけてずっと、リアは悩みつづけた。けれどその晩は、リースの愛の行為にあまりにも早くあまりにも完全に押し流され、やましさも、愛すると言ってしまいそうな心配も、すっかり忘れてしまっていたのだった。

バーベキューパーティー用に買ったスリーブレスのサンドレスは、深いV字形の襟元にぴったりした身頃《みごろ》、そして腰から下はたっぷりのギャザースカートになっていて、鮮やかな赤、オレンジ、ゴールド、それにブルーの縦縞《たてじま》が華やかで明るく、彼女の美しさを引き立ててくれていた。

土曜の午後遅く、ボビーを傍らで遊ばせておきながら、彼女は主寝室の姿見で自分を映してみて、身頃の着皺《きじわ》をきれいにのばした。

リースが彼女の後ろから寝室に入ってきた。鏡に映ったその姿をリアは眺めた。彼はダークブルーのジーンズといつものように白いシャツだった。しかし、今日のシャツはウエスタンカットのヨークにほどこされた渦巻き模様の白い刺繍《ししゅう》が特徴で、それがかすかな艶《つや》をシャツに与え、褐色に日焼けした肌を際だたせている。鮮やかな白とダークブルーは彼女のカラフルなドレスとお互いに補足し合い、その対比が二人をひときわ目立たせていた。

彼の両手が後ろから腰を包み、鼻先が首筋に押しつけられた。長袖《ながそで》のシャツの袖口がいつものように折り返されていて、そこからのぞいている手首に彼女は手をかけ、その肌とたくましい筋肉の感触を楽しんだ。

「きれいだよ、リア」リースがささやくような声で言って鏡をのぞき込み、そこに映っている彼女の目を自分の視線でとらえた。「大勢の人と今夜きみを分かち合うのが辛《つら》くなってくる」

黒い瞳の熱っぽい色がそのあとのことを約束していて、体が反応してしまうのを彼女は感じた。

「ところで、ベビーシッターが来ているよ」彼はそう言い、リアの髪に唇を押しつけた。

彼女は全身を流れるうずくような脱力感に、体が溶けていきそうだった。鏡の中を見つめていたので、キスをしながら、まるでそれを深く味わうかのように、リースが目を閉じるのが見えた。

「私の作っておいたリストを彼女に見せてくれました?」息切れしそうになりながらリアは尋ねた。リースの携帯やドノヴァン牧場の電話番号など、緊急用電話番号と、ボビーに必要なもののありかをリストにしておいたのだ。それにベビーシッターがオーブンに入れるだけでいいように、キャセロール料理も作り、ソフトドリンクやスナック類も揃《そろ》えておいた。

「まだだ。それに、彼女に家の中を案内しておいたほうがいいかもしれないね」

抱擁の腕が緩んだので、リアは体を引いてハンドバッグを取り上げた。リースがボビーを抱き上げると、二人はマリーの妹のメロディーに家の中を案内しに行った。それからリアは、そのティーンエイジャーが渡されたリストを読む間、何か質問があるかもしれないと待っていた。

ボビーは両親にバイバイのキスをされてむずかってみせたが、デイケアでマリーの家に行ったときに、メロディーとも知り合っていたので、彼女になだめられて簡単におとなしくなった。

車で表通りに出て、そう遠くないドノヴァン牧場へ向かいだすと、リアにはやましさから気をそらすものが何もなくなってしまった。今日は何をしても、そのやましさから本当にのがれる役には立たなかったとはいえ、車が進むにつれ、それは刻々とひどくなるようだった。ドノヴァン牧場に着いて、リースがスポーツ用多目的車《SUV》を表庭の木の下に停《と》めるころには、気づくと、すべてがそのやましさに彩られてしまっていた。

良心が晴れそうにないのがしだいにいっそうはっきりしてくる。彼女の中には、両親に拒絶され捨てられるのがどんな感じだったかを残酷なほど詳細に覚えている部分があった。リースとの間で歴史が繰り返されるのではないかと怯《おび》えてしまうのだ。

子供のころのことは彼女にとって不当な出来事だったが、レイチェルに誠実でなかったことや、リースの結婚の申し出にこれ幸いと飛びついてしまったことは確かに報いを受けて当然だった。

けれどまた一方、彼女の中には、リースは信頼しても大丈夫と請け合ってくれる部分もあった。孤独なティーンエイジャーにやさしくしてくれるほど繊細な心の持ち主だった人だもの、きっとわかってくれるだろうと。

でもやはり、いちばんの親友を裏切ったことや、彼の弱みにつけ入ったも同然だったことには理解を示してくれないだろう。本来ならあのとき、あまり心配しないように彼をなだめ、私と結婚までしなくてもボビーを守る手だてを見つける手助けをしてもよかったのだから。それなのに私は、まさか自分が本当に彼と結婚できるわけはないと、その幸運が信じられずに、沈黙を守っていたのだった。

そしてついに判事の前に立ったあの日、自分がしようとしていることが何か初めてはっきり気づきはじめた。そのときには、すべてが手遅れだったのだ。

ホイットが二人の車が入ってくるのを見かけ、芝生の所まで迎えに来た。

「こんな興ざましな男を連れてくるとはがっかりだな」ホイットが彼女の手を取って軽く握りしめた。

リアは驚き、声をたてて笑ってしまった。リースが彼女の手をホイットの手からそっとはなし、とがめるように彼を見た。

「イーディはどこに隠れているんだ？」

ホイットの笑顔が少しかげりを帯びた。「いつもの所さ。自分の家だよ」

「きみの社交の日程表を操作するのに疲れたんだよ。今夜は土曜の夜向けの新しい女のどちらを招待したんだ？　髪をぼさぼさにしているブロンドかい？　それとも、ブラウスのボタンの留め方のわからないブルネットかい？」ホイットのいつもつき合っている女性のあまりにもぴったりな描写に、やっとの思いで笑いをこらえているリアに、リースはきらきらした目を向けた。「男同士の無遠慮な話でごめんよ、ダーリン」

「どっちも招待してないよ」ホイットがむっとして答えた。「イーディを招待したんだ。ドレスアップも、したくなければしなくていいとさえ言ったんだ。ダンスを教えてやろうともね。前にも一度教えたことはあるんだが。だが彼女、ダンスには興味がないと言うんだ」

「むしろ、男に興味がないんだよ」リースがコメントする。

ホイットが渋い顔になった。「かもな」

イーディが来ないことで、ホイットは本当にがっかりしているらしい。リアは好奇心をそそられた。まるでイーディに惚《ほ》れてでもいるよう。イーディが、いつも彼のつき合っているセクシーな美人とはまったく違うタイプなので、それは驚きだった。

イーディ・ウエッブのことは、学校で二年先輩だったので、リアも本当はよくは知らなかった。それに、イーディはあまり人づき合いをしないタイプだった。

木陰のたっぷりある大きな裏庭へと三人は向かい、みんなと一緒になった。テーブルには暑い季節向きの料理がバラエティー豊かにずらりと並び、ホイットが最後のビーフの焼き上げと、肉の大皿を何枚かテーブルに運ぶのを手伝いに、二人からはなれていった。やがて、みんなが料理を取りに並びはじめ、それぞれの皿をいっぱいにした。三人は一緒に一つのテーブルについた。

料理はすばらしく、ビュッフェテーブルはどれもまるで略奪に遭ったようだった。続いて、デザートテーブルの上のデザートがなくなった。涼しさの感じられる夕暮れ近くになると、カントリーバンドが音合わせを始めた。芝生の上の、夕日を遮る木陰のいちばん多い場所に、ホイットは木のダンスフロアをセットさせていた。

そして最初の曲をリアと踊れるように、リースを説き伏せた。ただし、彼が予定していたあとの二曲は放棄するという条件で。最初のは陽気なダンスで、曲が終わり、リースの腕に渡されるころには、リアは声をたてて笑っていた。

リースはまたダンスもうまく、ダンスフロアの端で根気よく彼女にいくつかのレッスンをつけた。そのあと、何組かのカップルが《コットンアイド・ジョー》で踊りはじめると、試しにやってみるように彼女を促し、大きな踊りの輪に加わった。曲が終わるころにはリアも少しは正確にステップが踏めるようになっていた。

二人は次の数曲はパスして腰を下ろし、ほかの客たちと話をした。しばらくしてまたバラードを二曲踊ろうと、リースは彼女をダンスフロアに誘った。

「ホイットはついにイーディのことを諦《あきら》めたようだね」二曲目を踊りながらリースに言われ、リアはホイットの方を見た。彼は木にもたれ、踊っている人たちを陰気な顔で眺めている。

「ホイットが彼女にご執心とは知らなかったわ」

「実際は違うんだが、自分でそうだと思い込んでいるんだ。彼のまわりの未婚女性で、人の歓心を買おうと必死にならない女は少ないが、イーディはその一人なんだ。だから、めったにないことに、彼のほうで真剣になってしまうんだよ」

リースが彼女を見下ろしてにっこりした。

「たぶん、手に入らないとわかっているものほどほしくなるという、あのケースだよ。イーディがデートもしなければ、男たち、特に彼に、興味がないものだから、いっそう気をそそられるんだろう」

リアもデートをしたことがなかった。彼女の場合は、誘われなかったというのが大半の理由だったけれど。レイチェルがだれかを引き合わせようとしても断ったし、仕事のないときも、家にいるか、友人とつき合った。イーディがホイットの歓心を買おうとしないのは多くを物語っている。イーディが今日姿を見せないことは、リースやホイットが憶測しているより深い意味を持っているのではと思えた。

それは、リースがレイチェルと結婚する前や、結婚してからのリアの人生にぴったり重なり合うものだった。決して愛してくれないとわかっている人を密《ひそ》かに愛しているのがどんな気持ちか、私がだれよりも知っている。私もどれほど苦労して自分の思いを隠そうとしたことか。とりわけ、リースとレイチェルがつき合いはじめてからは。

ホイットの場合、彼がちょっとした女たらしなので、いっそうイーディは、彼から示されるどんな関心も真剣に取らないように気をつけるだろう。それに、ただのお愛想で招かれたと取ったかもしれないし。形ばかりの招待ほど悲惨なものはない。報われる望みがまったくないと思い込んでいる愛情をイーディがホイットに寄せているとしたら、彼のそばには――とりわけ彼の家での集まりのときには――いたくないだろう。

密かな片思いの問題を――それがホイットのものであれ、イーディのものであれ――考えているうちに、ここ二時間ばかり脇《わき》に押しやられていたやましさがふいにまた戻ってきた。自分でも気づかないうちに狼狽《ろうばい》が顔に表れていたらしく、リースの低い声がリアの悩ましい物思いに入ってきた。

「何かまずいことでも？」

リアはためらいがちに目を上げ、またそらした。これほど申し分のないきっかけはないかもしれない。しかし、冒そうとしているリスクはあまりにも大きく、そんな勇気があるかどうか自信がなかった。それにダンスは打ち明け話の場ではない。

「そのことでお話ししたいんだけど、あとで」リアがもう一度目を上げると、いかつい顔がやや真剣みを帯びるのが見えた。こちらの顔を探るように見ている様子からも、もう後戻りはできないとわかった。いよいよ話さずにはすまされないだろう。

二人がダンスを堪能《たんのう》し終えたころには、十一時近くになっていた。リアはメロディーの母親に、ティーンエイジャーのお嬢さんは夜中の十二時までにはお宅に帰りつくようにしますと約束していた。だからそろそろ引き上げる時間だった。

二人は大勢の人々の周囲をまわって隣人や友人におやすみを言うと、ホイットを見つけてすてきな夜の礼を言った。帰宅の車の中ではだんだんに緊張が高まり、二人は黙ったままだった。

メロディーの報告では、ボビーは眠るまで揺すってやらなくてはならなかったが、ほかはすべてうまくいったということだった。リースが彼女を見送って外に出ていくと、リアはメロディーの母親に、お嬢さんはいま車でお宅に向かいましたからと電話した。

キッチンでその電話を切ったとき、家中の電気を消してまわったリースが待っていた。

彼女は振り返ってリースを見た。「何か飲みます?」

「ありがとう。だが、僕はいらない」低い声で静かに言う。「話したいことって何?」

リアは落ち着かなくて、立ったままでいた。気詰まりといらだちから、両手を前でしっかり握りしめ、どう切りだそうかと言葉を探した。

「今夜あなたがホイットのことを話していたとき、私、イーディのほうがむしろ、そのう、彼に気があるのではないかと考えていたの」

その見解がおもしろかったらしく、リースはにっこりした。「ハニー、もしそうなら、彼女はずいぶん変な形でその気持ちを表すものだね」

リアも懸命にほほえもうとしたものの、生気のない微笑になっているのは自分でも感じられた。「私の勘違いかもしれないけど。でも、それを考えているうちに、私のしたあることをあなたに話さなくてはならないと気づいたの。とてもいけないことを。それは本当は、一つではないし、あなたに知っておいてもらわなくてはならないことなの」

リースは怪訝《けげん》そうな目を彼女に向けた。「きみにどんな悪いことができるんだ？」

リアは息を吸ったが、緊張していて空気があまり入ってこなかった。どう切りだしていいか自信がなくなり、ふいに胸の鼓動が激しくなって、目がちくちくしだした。

「私、結婚しているある男の人に思いを寄せていたの」物静かに言い、自分の卑怯《ひきょう》な言いまわしに目がいっそうちくちくしだした。「だからといって何をしたわけでもないんだけど」彼女は続けた。「何一つしなかったし、だれもそれを知らなかった。レイチェルさえ。あなたにいま話すまでは、だれ一人」

リースが近づいてくる。彼女はその胸を見つめていた。泣きだしたり勇気を失ったりしないようにと願いながら。

「まだその男に惚れているのかい？」声が厳しい。ふいにこの問題を真剣に取りはじめたらしい。

「その人に初めて会ったのは私が十七のときだった」彼女はリースをちらっと見上げたが、目を合わせられずに、また視線を落とした。「私、すっかりのぼせ上がってしまって。その人はハンサムで、とても親切で、そして私がそんな気持ちを持っているなんて疑ってもいなかったはずよ」

口をつぐみ、高ぶってくる感情を抑えようとする。お互い不安な状態にいても仕方ない。リアは先を続けようと浅い息を吸ったが、十分吸いきれない感じだった。

「その人が私のいちばんの親友と恋に落ち、結婚したときも、彼への愛を私は断ち切れそうになかったの」

リースの驚きを感じ、リアは背を向けて、おぼつかない足取りで少しはなれた。静寂の中で心臓が高鳴り、口元を拳《こぶし》で押さえた。だが、やがてそれを外して先を続けた。

「あなたを愛することはレイチェルへの背徳行為だし、彼女の友情を裏切ることだった」彼には見えない涙と共に言葉が転がり出てくる。「それに、あなたの弱気に私はつけ入ってしまった。でも、この先ずっと、あなたが不幸せでいるのには耐えられないと、この数週間で私は気づいたの。それで離婚を申し出た。そうすれば、ほかの間違いすべてでも償われるかもしれないと」リアは懸命に声の震えを抑えた。「でも今週、いろんなことがばたばたと起こって……。私たちは幸せになるチャンスが持てるかもしれないと、あなたは何も知る必要がないのではないかしら、と考えはじめていたの」

ほとんどすべてをさらけだしてしまい、リアは圧迫感がほんの少し引いていくのを感じた。

「でも、私が知っている。そしていまあなたも知ってしまった」

さっきから静かに頬を伝っていた涙が視界をぼやけさせる。彼女はリースの反応を待ちながら、両手で涙を拭《ぬぐ》おうとした。耳の中で血がどくどくと音をたて、何も聞こえないみたい。

リースの大きな両手が腰に温かくかかったとき、リアは少したじろいだ。体に腕をまわされて抱きしめられる。彼は引きしまった頬を寄せ、身をかがめてきた。

「ああ、ダーリン」リースがしゃがれた声で言う。

そのやさしい声音に彼女の胸は震えた。頬にキスされ、またいっそうぴったりと頬が寄せられた。

「そんなこと、僕は一度たりとも疑ってみたことはなかった。だが、つけ入ったというのなら、それは僕のほうだ。きみはボビーを愛していた。その愛情を利用して、僕は自分のほしいものを手に入れた。きみからは、きみだけを愛してくれる夫を持つチャンスを奪った。子供を守るために僕はきみと結婚したんだといくら自分に言いきかせても、役に立たなかった。だがこの前の夜、きみが書斎に入ってきてあの小さな爆弾を落とした」

リースが顔を上げて抱擁を緩めた。彼女は口元を拳で押さえていた。体をこわばらせ、剃刀《かみそり》の刃のような不安の上でバランスを取っていたのだ。

〝きみからは、きみだけを愛してくれる夫を持つチャンスを奪った……〟

彼の胸の大半を占めるのは、これからもレイチェルだ。リアは改めて思い知らされたような気がした。

リースのほうに向きなおらされても、リアは抗《あらが》わなかった。口元に当てた手をやさしく引き下ろされる。目を上げて彼の目をのぞき込み、かすれた声で言いはじめた。「いちばんひどいのは、私がレイチェルを裏……」

黙らせようと、リースが指をそっと彼女の唇に当てた。「どんな気持ちを持っていたにしろ、きみは一言もそれを口にしなかったし、僕を見ようとすらしなかった」彼女にかすかな微笑を向ける。「実際、僕は長い間、きみは僕に好意すら持っていないんだと思っていたくらいだ」

本当の安堵《あんど》のわずかな兆しを初めて覚え、彼女は緊張が緩んで体から力が抜けていった。「あなたを愛するのをやめようと、私、懸命に努めたのよ」声が震える。「それはもう必死で」

「だれかを好きだとか愛するとかいう感情は、水道の蛇口をひねるようにはいかないんだ」静かな諭すような口調だ。「そこにあるかないかなんだ。それを行動に移すか移さないかなんだ。きみは何もしなかった。レイチェルと僕との結婚に難癖をつけたり妨げたりするような真似《まね》は何一つしなかった。それはきみが、僕への気持ちよりも、レイチェルと彼女の幸せのほうに忠実だった証拠だと思う」

リースは口をつぐみ、あるかないかの微笑に口元を緩めた。それから言葉をついだ。

「気の弱っている僕につけ込んだという点だが、それはおあいこだと思う。それにこのところの成り行きから見ると、いつかは僕たちは結婚しただろう。きみは相変わらずボビーに会いにやってきただろうし、僕はこの前のときのようにきみを見て、本当のきみに気づいただろう。そして、結局はある夜、二人はこのキッチンにたどりついていただろう」

リースが彼女の濡《ぬ》れた頬に両手を上げ、顔をやさしく包む。彼の引きしまった腰に彼女は手を当てた。

「ああ、ちくしょう、まだ僕を愛してくれているんだろうね、ミズ・ウエイバリー」うなるように言う。「だって、僕はきみにいま夢中なんだから」

彼女の全身を歓喜が突き抜けた。リースの唇が重なってきて、甘美でやさしいキスが長くしるされた。

ほんのわずか唇をはなしてリースがささやいた。「こんなふうに、自分がまた満ち足りて感じられるとは思ってもいなかった」胸に彼女を引き寄せ、しっかりと抱きしめる。

「きみのおかげだ、リア。愛しているよ、ベイビー」

幸せで胸が狂ったように騒ぎ、彼女は必死でリースにすがりついていた。「愛しているわ、とっても」ようやくそう言うことができた。「いつまでも、いつまでも、愛しつづけるわ」

リースは抱擁の腕を緩め、かがんで彼女を抱き上げた。軽くキスをして、大きなキッチンを横切っていく。肘でキッチンの明かりを消してから暗い家の中を廊下に出て、寝室の並ぶ方へ大股で進んでいった。

途中、ボビーの部屋にちょっと立ち寄り、寝顔を眺めた。リースは主寝室に入って間のドアを軽く押し、ほんの少し隙間《すきま》を残して閉めると、彼女をベッドに運んだ。

その夜の愛の交わりは、甘美な祝典であると同時に、二人のこれから先の長く満ち足りた人生へのすばらしい序曲でもあった。

二人の間には子供が生まれた――三人の子供が。女の子が二人まず生まれ、ボビーは弟をその次まで待たなくてはならなかった。

彼女のいちばんの親友でリースの愛したレイチェルの思い出は、手近に置かれて大事にされた。だが過去の痛みは、きらめく歓喜のほとばしりで二人の満ち足りた心を定期的に照らす、愛とやさしい思いやりによって、ぼんやりと感じられるほろ苦いうずきへと落ち着いていったのだった。

●本書は、2004年7月に小社より刊行された作品を文庫化したものです。

花嫁の契約
2024年1月15日発行　第1刷

著　　者／スーザン・フォックス
訳　　者／飯田冊子（いいだ　ふみこ）
発 行 人／鈴木幸辰
発 行 所／株式会社ハーパーコリンズ・ジャパン
東京都千代田区大手町 1-5-1
電話／03-6269-2883（営業）
0570-008091（読者サービス係）
印刷・製本／中央精版印刷株式会社
表 紙 写 真／© Vladimir Nikulin | Dreamstime.com


ISBN978-4-596-53287-9

12月22日発売 ハーレクイン・シリーズ 1月5日刊

## ハーレクイン・ロマンス

愛の激しさを知る

**ギリシア富豪とナニーの秘密** キム・ローレンス／岬　一花 訳
《純潔のシンデレラ》

**秘書は一夜のシンデレラ** ロレイン・ホール／中野　恵 訳
《純潔のシンデレラ》

**家政婦は籠の鳥** シャロン・ケンドリック／萩原ちさと 訳
《伝説の名作選》

**高原の魔法** ベティ・ニールズ／高木晶子 訳
《伝説の名作選》

## ハーレクイン・イマージュ

ピュアな思いに満たされる

**野の花が隠した小さな天使** マーガレット・ウェイ／仁嶋いずる 訳

**荒野の乙女** ヴァイオレット・ウィンズピア／長田乃莉子 訳
《至福の名作選》

## ハーレクイン・マスターピース

世界に愛された作家たち
～永久不滅の銘作コレクション～

**裏切られた再会** ペニー・ジョーダン／槙　由子 訳
《特選ペニー・ジョーダン》

## ハーレクイン・ヒストリカル・スペシャル

華やかなりし時代へ誘う

**侯爵と疎遠だった極秘妻** マーガリート・ケイ／富永佐知子 訳

**鷹の公爵とシンデレラ** キャロル・モーティマー／古沢絵里 訳

## ハーレクイン・プレゼンツ作家シリーズ別冊

魅惑のテーマが光る極上セレクション

**純粋すぎる愛人** リン・グレアム／霜月　桂 訳

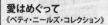

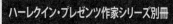